Tucholsky   Wagner   Zola   Scott   Schlegel
      Turgenev   Wallace   Fonatne Sydow   Freud
         Twain   Walther von der Vogelweide   Fouqué
                      Weber   Freiligrath   Friedrich II. von Preußen
Fechner   Ernst   Frey
         Fichte Weiße Rose von Fallersleben Kant
                                                  Richthofen Frommel
         Engels   Fielding   Hölderlin
   Fehrs   Faber   Flaubert Eichendorff   Tacitus   Dumas
                Maximilian I. von Habsburg Fock Eliasberg   Ebner Eschenbach
 Feuerbach   Eliot   Zweig
                        Ewald   Vergil
        Goethe   Elisabeth von Österreich   London
Mendelssohn Balzac   Shakespeare
                   Lichtenberg   Rathenau   Dostojewski   Ganghofer
      Trackl   Stevenson   Doyle   Gjellerup
                        Tolstoi   Hambruch
 Mommsen   Lenz   Droste-Hülshoff
      Thoma   Hanrieder
 Dach   Verne von Arnim   Hägele   Hauff   Humboldt
         Reuter   Hagen
   Karrillon   Garschin Rousseau   Hauptmann   Gautier
        Damaschke   Defoe   Baudelaire
                    Descartes Hebbel
                                            Hegel   Kussmaul   Herder
Wolfram von Eschenbach   Schopenhauer
         Darwin   Dickens   Rilke   George
   Bronner   Melville   Grimm Jerome
      Campe   Horváth   Aristoteles   Bebel   Proust
Bismarck Vigny   Barlach Voltaire Federer   Herodot
                 Gengenbach   Heine
  Storm   Casanova   Tersteegen   Grillparzer Georgy
            Chamberlain Lessing   Langbein   Gilm
Brentano   Gryphius
   Strachwitz   Claudius   Schiller   Lafontaine
         Katharina II. von Rußland Bellamy Schilling Kralik Iffland Sokrates
                           Gerstäcker   Raabe   Gibbon   Tschechow
 Löns   Hesse Hoffmann   Gogol   Wilde   Vulpius
   Luther Heym Hofmannsthal   Gleim
      Roth   Heyse Klopstock Klee Hölty Morgenstern   Goedicke
 Luxemburg   Puschkin Homer   Kleist
            La Roche   Horaz   Mörike   Musil
  Machiavelli
 Navarra Aurel   Musset   Kierkegaard   Kraft   Kraus
   Nestroy Marie de France Lamprecht Kind Kirchhoff Hugo   Moltke
                          Laotse   Ipsen   Liebknecht
   Nietzsche   Nansen   Ringelnatz
     von Ossietzky   Marx   Lassalle Gorki   Klett   Leibniz
            May   vom Stein Lawrence   Irving
 Petalozzi
     Platon   Michelangelo   Knigge
   Sachs   Poe Pückler   Liebermann Kock   Kafka
       de Sade Praetorius   Mistral   Zetkin   Korolenko

Neue Idyllen

Salomon Geßner

Impressum

Autor: Salomon Geßner
Umschlagkonzept: toepferschumann, Berlin

Verlag: tredition GmbH, Hamburg
ISBN: 978-3-8424-0509-7
Printed in Germany

Text der Originalausgabe

Salomon Geßner

Neue Idyllen

1772.

Daphne. Chloe.

Daphne. Sieh, schon steigt der Mond hinter dem schwarzen Berg herauf, schon glänzt er durch die obersten Bäume. Hier dünkt es mich so anmuthsvoll, laß uns hier noch verweilen; indeß wird mein Bruder die Heerde wohlbesorgt nach Hause führen.

Chloe. Lieblich ist diese Gegend, lieblich des Abends Kühlung; laß uns hier verweilen.

Daphne. Sieh, da an der Seite des Felsen, das ist der Garten des jungen Alexis. Komm, laß uns über den Zaun sehn. Im Land ist dies der lieblichste Garten; keiner so niedlich geordnet; keiner ist so gut gepflegt.

Chloe. Seys denn, wir wollen.

Daphne. Kein Hirt weiß die Pflege der Pflanzen wie er. Ists nicht so?

Chloe. O ja!

Daphne. Sieh, wie alles mit gesundem Wuchse aufblühet, was an der Erde wächst, und was an Stäben sich emporhält. Dort rieselt Wasser vom Fels; sieh wie es, ein Bächgen, durch die Schatten des Gartens fließt. Sieh, auf dem Felsen, wo die Quelle sich stürzt, hat er von Geißblatt eine Laube gepflanzt; da muß man wol ganz die weite schöne Gegend sehn.

Chloe. Mädgen, du lobest mit Hitze. Lieblich ist alles. Lieblicher der Garten des braunen Alexis, als alle Gärten des Landes; schöner seine Blumen, als alle Blumen; so angenehm, wie diese, rieselt keine Quelle; kein Wasser ist so kühl; kein Wasser ist so süß.

Daphne. Aber du lachest Chloe!

Chloe. Ey nicht doch. Sieh, ich breche diese Rose; sage mir, ist ihr Geruch nicht süsser als aller andern Rosen? Lieblich als hätte Amor selbst sie gepflegt.

Daphne. Ah! Sey nicht schalkhaft.

Chloe. Nun, aber – – – Verdrücke den Seufzer nicht, der deinen Busen hinaufdringt.

Daphne. Ach! Du bist boshaft; komm laß uns gehn.

Chloe. So plötzlich? Mir gefällts hier so wohl, so wohl. Doch horche – – Ich höre rauschen. Da unter dem Hollundergesträuch sieht man uns nicht. Ha! Sieh, er ist es selbst. Still, sage mir ins Ohr, er ist doch wol auch schöner als jeder andre Hirt?

Daphne. Ach! Ich gehe.

Chloe. Ich lasse dich nicht: Sieh, er staunt, er seufzt; gewiß ein Mädchen sizt ihm tief im Busen. Kind, deine Hand zittert. Fürchte dich nicht, es ist ja kein Wolf da.

Daphne. Laß mich, ach laß mich!

Chloe. Still! Horche – –

Im Schatten des Hollundergesträuches standen die Mädgen verborgen. Indeß hob Alexis, unbewußt daß er behorcht ist, mit lieblicher Stimme diesen Gesang an:

Du blasser stiller Mond, sey Zeuge meiner Seufzer; und ihr, ihr stillen Schatten, wie oft habt ihr Daphne, Daphne, mir nachgeseufzt! Ihr Blümgen, die ihr mich umduftet, Thau blinkt auf euern Blättern, wie der Liebe Thräne auf meinen Wangen blinkt. O dürft ich, dürft ichs ihr sagen, daß ich sie liebe, mehr als die Biene den Frühling liebt! Jüngst fand ich am Brunnen sie; einen schweren Krug hatte sie mit Wasser gefüllt. Laß mich die dir zu schwere Last des Kruges nach deiner Hütte tragen. So stammelt ich: Wie bist du gütig, so sprach sie. Zitternd nahm ich den Krug, und blöde, und seufzend, den Blick zur Erde geschlagen, gieng ich an Daphnens Seite, und durft ihr nicht sagen, daß ich sie liebe, mehr als die Biene den Frühling liebt. Wie hängst du traurig da, an meiner Seite, kleine Narzisse; diesen Mittag noch in frischer Blühte, izt verwelkt! Ach so, so werd ich junger Hirte verwelken, wenn Daphne meine Liebe verschmäht! Ach, wenn sie meine Liebe verschmäht, dann werdet ihr, ihr Blumen, ihr mannigfaltigen Pflanzen, bisher meine Freude, meine süsseste Sorge, dann werdet ihr ungepflegt alle verwelken; denn für mich blüht keine Freude mehr. Wildes Unkraut wird euch dann ersticken; und verwachsne Dornbüsche werden mit ungesundem Schatten euch decken. Ihr Bäume, die ihr die süssesten Früchte truget, von meiner Hand hier gepflanzt; von Laub und Früchten entblößt, werden eure todten Stämme traurig aus der Wildniß emporstehn, und hier, hier werd ich mein übriges Leben verseufzen. Mögest du dann, indeß meine Asche hier ruhet, mögest du in den Armen eines liebenswürdigern Gatten jedes süsseste Glück in vollem Maasse geniessen! Doch nein, was plagt ihr mich, ihr Bilder schwarzer Verzweiflung? Noch blühet meine Hoffnung. Lächelt sie doch freundlich, wenn ich zögernd neben ihr vorübergehe. Jüngst blies ich am Hügel auf meinem Rohr, als sie durch die nahe Wiese gieng; sie stand stille. Kaum hatt ich sie erblickt, so zitterten meine Lippen und jeder meiner Finger; und blies ich gleich so schlecht, doch blieb sie stehn und horchte. O wenn ich einst sie als Braut in eure Schatten führe, dann sollen eure Farben höher glühen, ihr Blumen; dann düftet ihr jeden Wolgeruch zu! Dann bieget, ihr Bäume bieget, die schattigten Äste zu ihr herunter, mit süssen Früchten behangen!

So sang Alexis. Daphne seufzte, und ihre Hand zitterte in ihrer Freundin Hand. Aber Chloe rief ihm: Alexis sie liebt dich! Hier steht sie unter dem Hollunderbaum; komm küsse die Thränen von ihren Wangen, die sie vor Liebe weint. Schüchtern trat er hin; aber sein Entzücken kann ich nicht sagen, als Daphne, schamhaft an Chloens Busen geschmiegt, ihm gestand daß sie ihn liebe.

Der Blumenstraus.

Daphnen sah ich: Vielleicht, ach vielleicht würds mein Glück seyn, hätt' ich sie nicht gesehn! So reitzend sah ich sie nie. An der heissen Mittagssonne, lag ich im dunkeln Weidenbusch, am kühlen Bache, da wo er sanft rieselnd durch Steine fällt. Schatten wölbte sich über mir, und über dem kühlen Bache; da saß ich ruhig: Aber seitdem, ach! ist für mich keine Ruhe mehr. Nicht weit von mir rauschte das Gesträuche, und Daphne, Daphne kam, durch des Bordes Schatten, herunter an den Bach. Reinlich zog sie ihr blaues Gewand von den kleinen weissen Füssen herauf, und trat in die helle Flut. Sie bückte sich, und wusch mit der rechten Hand ihr reizvolles Gesicht; mit der linken hielt sie ihr Gewand, daß nicht das Wasser es netze. Aber nun stand sie still, und wartete bis kein Tropfe von ihrer Hand mehr das Wasser bewegte. Still wars, und jeder ihrer Reitze schien ungefälscht ihr entgegen. Itzt lächelte sie ihre eigene Schönheit an, und drückte das Geflechte der goldnen Haare zurechte, die sich in einen reitzvollen Knoten verbanden. Für wen, so seufzt' ich, ach für wen diese Sorgfalt; wem, ach wem will sie gefallen! Wer ist der glückliche, um deswillen sie mit zufriednem Lächeln sieht, daß sie so reitzend ist. Indeß sie gebückt so über dem Bache stand, fiel der Blumenstrauß von ihrem Busen ins Wasser, und schwamm, indeß sie weggieng, zu mir herunter. Ich fieng ihn, ich küßt' ihn; für eine ganze Heerde hätt' ich ihn nicht gegeben. Aber ach der Blumenstrauß welkt, ach er welkt, der, nur zween Tage sinds, mit der Quelle zu mir floß! Ach wie ich ihn pflegte! In meiner Trinkschale stand er, die ich im Frühling mit Gesang gewann. Amor sitzt künstlich drauf geschnitten, in einer Laube von Geißblatt; lächelnd versucht er die Schärfe seiner Pfeile mit der Spitze der Finger, und vor ihm schnäbeln sich zwoo Tauben. Dreymal des Tages goß ich ihm frisch Wasser zu, und des Nachts stellt' ich ihn am Gitter meines Fensters in den Thau. Dann stand ich vor ihm, und athmete seine süssen Gerüche. Süsser waren die Gerüche, glühender waren die Farben, als aller Blumen des Frühlings; denn ach, an ihrem Busen haben sie geblüht! Staunend stand ich dann vor der Schale. Ja Amor, so seufzt' ich, sie sind scharf, deine Pfeile; wie sehr, wie sehr muß ichs fühlen! Laß, o laß Daphnen nur die Hälfte so für mich empfinden; dann will ich diese Schale dir weihn.

Auf einem kleinen Altar soll sie stehn, und alle Morgen umwind ich sie mit einem frischen Blumenkranz, und, ist es Winter, mit einem Myrtenschoß. O mögtet ihr, kleine Tauben, mögtet ihr ein Bild meines künftigen Glückes seyn! Aber ach, der Blumenstrauß welkt, so sehr ich ihn pflege; traurig hängen die Blumen und blaß am Borde der Schale herunter, hauchen keine Gerüche mehr, und ihre Blätter fallen. Ach Amor! Laß, ach laß ihr Welken für meine Liebe nicht von übler Deutung seyn.

Daphne. Micon.

Daphne. Sage mir mein Geliebter, was soll dieser kleine Altar hier? Welcher Gottheit ist er wol heilig?

Micon. Dem Amor, meine Geliebte, dem Amor ist er heilig. Ach wie süß ists mir, an dieser Quelle zu ruhen, wo wir, du weissest es, kleine Kinder waren wir noch, nicht höher als diese Aglaye, manche Stunde in süssen unschuldigen Spielen verkürzten. Ich selbst, ich habe dem Amor diesen Altar geweiht: Denn da, süsses Andenken! da keimte die Liebe schon in unsern Busen.

Daphne. Weissest du was? Ich will Myrthen und Rosen um diesen Altar pflanzen; dann soll sichs, schützet sie Pan, wie ein kleiner Tempel wölben; denn auch mir, auch mir, mein Geliebter, ist jenes Andenken süß.

Micon. Weissest du noch? Wir machten Schalen von Kürbis, legten Kirschen und Brombeeren drein, und liessen im Bach wie Schiffe sie schwimmen.

Daphne. Weissest du noch? Kleine Schälgen von Haselnüssen, und Schälgen von Eicheln und der gehölte Samenkopf der Feuerblume waren unser Hausgeräth: Wir tranken Tröpfgen Milch daraus, oder wir assen Brosamen und kleine Rosinen draus. Du warst da spielweise mein Mann, und ich dein Weib.

Micon. So ist es. Siehst du dieses Gesträuche? Noch wölbt sichs, aber nun ist es verwildert, das war unsre Wohnung; wir wölbtens so hoch wir reichen konnten. So klein wars, eine junge Ziege würde mit dem Hörngen das oberste des Gewölbes zerrissen haben. Von Ästgen und Weidenruthen flochten wir die Wände umher, und vorne schloß ein Gittergen unser Haus. Ach wie süß, wie süß war jede Stunde, die wir rauben konnten, um als Mann und Weib hier zu wohnen?

Daphne. Ein Gärtgen pflanzt' ich vor dem Haus; weissest du noch? Von Schilf pflanzten wir einen Zaun umher. In einem Augenblick würds ein Schaf ganz abgemäht haben, so groß wars.

Micon. Noch weis ichs; die kleinsten Blümgen der Wiese und der Flur pflanztest du drein.

Daphne. Erfindsam warest du immer, mein Lieber! Aus der Quelle hast du einen Brunnen geleitet, inner unsern Zaun; durch holen Schilf führtest du das Wasser. In ein Beth fiels, das du von Holz höltest; ganz angefüllt wärs dem Durstigen ein guter Trunk gewesen. Doch sieh, da liegt es noch am Bache.

Micon. Ungesegnet ist das Haus, wo keine Kinder sind. Ein zerstümmelt Bildgen des Amor hattest du gefunden. Du pflegtest ihn, und zogest ihn, als eine treue Mutter. Eine Nußschale war sein Beth; da schlief er bey deinem Gesang auf Rosenblättern und Blümgen.

Daphne. Ja, nun wird er uns die gute Pflege belohnen.

Micon. Einst macht ich von Binsen ein kleines Kefigt; ein Heupferdgen that ich drein, und gab dir das Geschenke. Du nahmst es heraus, mit ihm zu spielen. Du hieltest es; aber gewaltsam wollt' es entfliehen, und ließ ein Beingen in deinen Fingern zurück. Vor Schmerzen zitternd saß es da auf einem Gräsgen. Sieh, o sieh das arme Thiergen! Sieh wie es zittert; es schmerzt dich; ach ich hab, ich habe dir weh gethan. So sagtest du, und weintest voll Mitleid. Ach wie entzückend war es mir, so gütig dich zu sehn.

Daphne. Noch gütiger warst du wol, mein Geliebter, da als mein Bruder zwey junge Vögelgen aus dem Neste stahl! Gieb mir die Vögelgen, so sagtest du; aber er gab sie nicht. Diesen Stab will ich dir für die Vögelgen geben; sieh, mit Müh und Fleiß hab ich die braune Rinde geschnitten, daß Ästgen mit Laub um den sonst weissen Stab sich winden. Der Tausch war gemacht, die Vögelgen dein. In deine Hirtentasche thatest du sie, klommest schnell den Baum hinauf, und setztest sie in ihr Nest. Freudenthränen, mein Lieber, netzten da meine Wangen. Hätt' ich dich vorher nicht geliebt, so hätt' ich doch von da dich geliebt.

Micon. So waren die Tage unsrer Kindheit honigsüsse, da zum Spiel ich dein Mann war, du mein Weib.

Daphne. Auch mein graues Alter wird sie nicht vergessen.

Micon. Wie glücklich, meine Geliebte, werden unsre Tage seyn, wenn den kommenden Mond, so hat es deine Mutter geordnet, Hymen zum Ernst machet, was bisher nur süsses Kinderspiel war.

Daphne. Segnen die gütigen Götter uns, dann, mein Geliebter, war Mann und Weib nie glücklicher als wir.

Die Schiffahrt.

Es flieht, das Schiff, das Daphnen weg
    Zu fernem Ufer führt!
Zwar dich umflattre Zephir nur,
    Nur Liebesgötter dich!

Ihr Wellen, hüpfet sanft ums Schiff!
    Wenn nun ihr süsser Blick
Auf euern sanften Spielen ruht,
    Ach, dann denkt sie an mich.

Ins Ufers Schatten singe dir
    Jetzt jeder Vogel zu;
Und Schilf und Sträuche winket ihr
    Von sanftem Wind bewegt.

Du glatte See bleib immer sanft!
    Du trägst das schönste Kind
Das je den Fluten sich vertraut;
    Rein, wie der Sonne Bild

Das dort auf deinem Spiegel stralt,
    Schön wie die Venus einst
Als sie, aus weissem Schaum hervor,
    Auf ihre Muschel stieg.

Die Wassergötter, die sie sahn,
    Vergassen da entzückt
Ihr plätschernd Spiel, vergassen da
    Die schilfbekränzte Nymph.

Sie sahn der Eifersüchtgen Blick
    Und lächelnd Winken nicht;
Die süsse Göttin sahn sie nur,
    Bis sie ans Ufer stieg.

Der Herbstmorgen.

Die frühe Morgensonne flimmerte schon hinter dem Berg herauf, und verkündigte den schönsten Herbsttag, als Micon ans Gitterfenster seiner Hütte trat. Schon glänzte die Sonne durch das purpurgestreifte, grün und gelb gemischete Reblaub, das, von sanften Morgenwinden bewegt, am Fenster sich wölbte. Hell war der Himmel, Nebel lag wie ein See im Thal, und die höhesten Hügel standen, Inseln gleich, draus empor, mit ihren rauchenden Hütten, und ihrem bunten herbstlichen Schmuck, im Sonnenglanz; gelb und purpurn, wenige noch grün, standen die Bäume, mit reifen Früchten überhangen, im schönsten Gemische. In frohem Entzücken übersah er die weit ausgebreitete Gegend, hörte das frohe Gebrüll der Heerden, und die Flöten der Hirten, nah und fern, und den Gesang der muntern Vögel, die bald hoch in heller Luft sich jagten, bald tiefer im Nebel des Thals sich verloren. Staunend stand er lange so; aber in frommer Begeistrung nahm er izt die Leyer von der Wand, und sang:

Möcht ich, ihr Götter! Möcht ich mein Entzücken, meinen Dank euch würdig singen. Alles, alles glänzt in reifer Schönheit, alles überströmt in vollem Segen; Anmuth herrschet überall und Freude, und von Bäumen und vom Weinstock lächelt des Jahres Segen. Schön, schön ist die ganze Gegend, in des Herbstes feyerlichstem Schmucke.

Glücklich ist der, dessen unbeflecktes Gemüth keine begangene Bosheit nagt; der seinen Segen zufrieden genießt, und, wo er kann, Gutes thut. Ihn weckt zur Freude der helle Morgen; der ganze Tag ist ihm voll Wonne, und sanft umfängt die Nacht ihn mit süssem Schlummer. Jede Schönheit, jede Freude, genießt sein frohes Gemüthe; ihn entzückt jede Schönheit des wechselnden Jahres, jeder Segen der Natur.

Aber gedoppelt glücklich ist, der sein Glück mit einer Gattin theilt, die Schönheit und jede Tugend schmückt; einer Gattin, wie du bist, geliebte Daphne! Seit Hymen uns verband, ist jedes Glück mir süsser. Ja, seit Hymen uns verband, war unser Leben wie zwo wohlgestimmte Flöten, die in sanften Tönen das gleiche Lied spielen; kein Mißton stört die süsse Harmonie, und wer es hört wird mit

Freud' erfüllt. War je ein Wunsch, den mein Auge verrieth, den du nicht erfülltest? War je eine Freude die ich genoß, die du nicht durch deine Freude versüßest? Hat ein Unmuth je mich bis in deine Arme verfolgt, der nicht, wie ein Frühlingsnebel vor der Sonne, verschwand? Ja, da ich als Braut dich in meine Hütte führte, folgte dir jede Anmuth des Lebens. Zu unsern freundlichen Hausgöttern setzten sie sich, um nimmer von uns zu weichen: Wirthschaftliche Ordnung und Reinlichkeit, und Muth und Freude bey jedem Unternehmen; und alles, was du vollführest, ist von den Göttern gesegnet.

Seit du, o seit du der Segen meiner Hütte bist, seitdem ist mir alles mit gedoppelter Anmuth geschmückt; gesegnet ist meine Hütte; gesegnet meine Heerde, und alles was ich pflanze, und alles was ich sammle. Freudig ist jeden Tages Arbeit; und, komm ich müde zurück unter mein ruhiges Dach, o wie entzücket mich da deine holde Geschäftigkeit mich zu erquiken! Schöner ist mir der Frühling, schöner der Sommer und der Herbst; und, wenn der Winter um unsre Hütte stürmet; dann, beym Feuerheerde, an deiner Seite, unter Geschäften und sanftem Gespräche, fühl ich ganz die Anmuth häuslicher Sicherheit. Bey dir eingeschlossen mögen Winde wüten, und Schneegestöber die ganze Aussicht rauben: Dann erst fühl ichs, wie du mir alles bist.

Die Fülle meines Glückes seyd ihr, ihr anmuthsvolle Kinder, mit jedem Liebreiz der Mutter geschmückt; was für Segen blüht in euch uns auf! Die erste Silbe, die sie euch stammeln lehrte, wars, mir zu sagen, daß ihr mich liebet. Gesundheit und Freude blühen in euch auf, und sanfte Gefälligkeit herrschet schon in jedem eurer Spiele. Die Freude seyd ihr unsrer Jugend, und euer Glück wird einst des Alters Freude seyn. Wenn ihr, komm ich vom Felde oder von der Heerde zurück, an der Schwelle mit frohem Gewimmel mich ruffet; an meinen Knien hangend, mit kindischer Freude die kleinen Geschenke empfanget, süsse Früchte, oder was ich bey der Wartung der Heerde kleines Feld- oder Gartengeräthe euch schnizte, eure kleine Geschäftigkeit zu üben; o wie erquickt mich dann jede eurer unschuldvollen Freuden! Mit Entzüken eil ich dann, o Daphne, in deine offnen Arme, und mit holder Anmuth küssest du die Thränen meiner Freude von meinen Wangen.

Aber izt kam Daphne, ein anmuthsvolles Kind auf jedem Arm; schön war sie, wie der thaubenezte Morgen, mit Freudenthränen auf den Wangen. O mein Geliebter, so schluchzte sie, o wie bin ich glücklich! Wir kommen, o wir kommen dir zu danken daß du so uns liebst.

Izt schließt er alle drey in seine Arme. Sie redeten nicht, sie empfanden nur ihr ganzes Glück: Und wer sie da gesehen hätte, würde, durch die ganze Seele gerührt, empfunden haben, daß Tugendhafte glücklich sind.

Die Nelke.

Ein Nelkenstock ist in Daphnens Garten, am Zaun. Im Garten gieng sie, trat zum Nelkenstock; eine Nelke, rothgestreift, blühte da frisch auf. Jezt bog sie lächelnd die Blume zu ihrem schönen Gesicht, und freute sich des süssen Geruches; die Blume schmiegte sich an ihre Lippen. Warme Röthe stieg auf meine Wangen; denn ich dachte: Könnt, o könnt ich so die süssen Lippen berühren! Weg gieng jezt Daphne; da trat ich an den Zaun. Soll ich, soll ich die Nelke brechen, die ihre Lippen berührten? Mehr würd ihr Geruch mich erquicken, als Thau die Blumen erquickt. Begierig langt' ich nach ihr: Nein, so sprach ich, sollt ich die Nelke rauben die sie liebt? Nein, an ihren Busen wird Daphne sie pflanzen; dann werden ihre süssen Gerüche zum schönen Gesicht aufdüften, wie ein süsser Geruch zum Olymp aufsteigt wenn man der Göttin der Schönheit opfert.

Das Gelübd.

Laßt, Nymphen, o laßt das Wasser eurer Quelle an mir gesegnet
seyn, wenn von der Hüft' ich mein Blut wasche, das aus der Wunde
floß! Laßt, o laßt mirs heilsam seyn, ihr Nymphen dieser Quelle:
Nicht Zank, nicht Feindschaft ist die Schuld von diesem Blut.
Amyntens Knabe schrie im Hain, von einem Wolf ergriffen; er
schrie, und schnell, den Göttern seys gedankt, war ich zur Rettung
da. Als unter meinen Streichen der Wolf noch rang, hat er mit schar-
fer Klaue die Hüfte mir verwundet. Ihr Nymphen seyd nicht böse,
wenn ich die reine Quelle trübe, mit Blut das aus der Wunde floß!
Ein junges Böckgen will ich morgen früh euch hier am Ufer opfern,
weiß wie der Schnee der eben fiel.

Die Zephyre.

Erster Zephyr. Was flatterst du so müssig hier im Rosenbusch? Komm, fliege mit mir ins schattigte Thal; dort baden Nymphen sich im Teich.

Zweyter Zephyr. Nein, ich fliege nicht mit dir. Fliege du zum Teich, umflattre deine Nymphen; ein süsseres Geschäft will ich verrichten. Hier kühl' ich meine Flügel im Rosenthau, und sammle liebliche Gerüche.

Erster Zephyr. Was ist denn dein Geschäft, das süsser ist, als in die Spiele froher Nymphen sich zu mischen?

Zweyter Zephyr. Bald wird ein Mädgen hier den Pfad vorübergehn, schön wie die jüngste der Grazien. Mit einem vollen Korb geht sie bey jedem Morgenroth zu jener Hütte, die dort am Hügel steht: Sieh, die Morgensonne glänzt an ihr bemoostes Dach; dort reichet sie der Armuth Trost, und jeden Tages Nahrung; dort wohnt ein Weib, fromm, krank und arm; zwey unschuldvolle Kinder würden hungernd an ihrem Bethe weinen, wäre Daphne nicht ihr Trost. Bald wird sie wieder kommen, die schönen Wangen glühend, und Thränen im unschuldvollen Auge; Thränen des Mitleids, und der süssen Freude, der Armuth Trost zu seyn. Hier wart' ich, hier im Rosenbusch, bis ich sie kommen sehe: Mit dem Geruche der Rosen, und mit kühlen Schwingen flieg' ich ihr dann entgegen; dann kühl' ich ihre Wangen, und küsse Thränen von ihren Augen. Sieh das ist mein Geschäft.

Erster Zephyr. Du rührest mich: Wie süß ist dein Geschäft! Mit dir will ich meine Flügel kühlen, mit dir Gerüche sammeln, mit dir will ich fliegen wenn sie kömmt. Doch – – – sieh, am Weidenbusch herauf kömmt sie daher; schön ist sie wie der Morgen; Unschuld lächelt sanft auf ihren Wangen, voll Anmuth ist jede Gebehrde. Auf, da ist sie, schwinge deine Flügel; so schöne Wangen hab ich noch nie gekühlt!

Daphnis. Chloe.

Früh am Morgen trat Daphnis aus der Hütte, und fand Chloen, seine kleinere Schwester, beschäftigt aus Blumen Kränze zu winden. Thau glänzte auf allen, und zu dem Thau fielen ihre Thränen.

Daphnis. Liebe Chloe, was sollen diese Kränze? Du weinest, ach!

Chloe. Weinst du doch selbst, mein Lieber! Aber ach! Sollten wir nicht weinen? Sahst du es, wie traurig unsere Mutter bey uns vorübergieng; wie sie uns die Hände drückte und schluchzte, und ihr thränenvolles Aug verbarg.

Daphnis. Ich sah es. Ach unser Vater! Er muß wohl mehr krank seyn als er gestern war.

Chloe. Ach, mein Bruder, mein Bruder! Wenn er stirbt! – – Ach wie er uns lieb hat, wie er uns küßt, wie er uns herzt, wenn wir thun was er gerne hat, und was den Göttern gefällt!

Daphnis. Ach liebe liebe Schwester! Wie traurig alles ist! Umsonst liebkoset mich mein kleines Schaf; fast, ach fast vergeß ichs, ihm seine Speise zu geben. Umsonst flattert meine Taube auf meine Schulter, und schnäbelt mich um meine Lippen und um mein Kinn; nichts, nichts macht mir Freude! Ach unser Vater! Sollt er sterben, ich stürbe auch.

Chloe. Ach, unser Vater! Weissest du noch? Fünf Tage sinds nun, seit er uns beyde auf seinem Schoosse hielt und weinte - - -

Daphnis. Ach Chloe! Wie er uns auf die Erde stellte, wie er erblaßte! Ich kann euch nicht mehr halten, geliebte Kinder! Mir ist übel, sehr übel; und da wankt er zu seinem Bethe: Seitdem ist er krank.

Chloe. Ach immer kränker! Sieh was ich vorhabe, Bruder. Früh gieng ich aus der Hütte, um frische Blumen zu brechen, und diese Kränze zu machen; dann gehe ich zu der Bildsäule des Pan; denn, immer sagen unser Vater und unsre Mutter, die Götter sind gütig, und hören gerne fromme Gebete. Ich will gehn, und diese Kränze ihm opfern; und, sieh du es hier im Kefigt, das liebste was ich habe, mein Vögelgen, will ich ihm auch opfern.

Daphnis. Ach, meine liebe Schwester! Ich will mitgehn; warte, nur zween Augenblicke warte: Ich will mein Körbgen voll der schönsten Früchte holen; und meine Taube, die will ich auch zum Opfer bringen.

Er lief, und kam bald zurücke; und sie giengen zu der Säule des Pan, die nicht weit unter Fichten auf einem Hügel stand. Jezt knieten sie vor ihm hin; und so fleheten sie zu dem Gotte:

Daphnis. Pan, du gütiger Schützer unsrer Triften, höre, höre unser Flehn! Wir sind die Kinder des kranken Menalkas; höre, o höre unser Flehn!

Chloe. Höre, o höre unser Flehn, guter Pan! Nimm an unser kleines Opfer wie Kinder es geben können: Diese Kränze leg' ich vor dir hin; möcht' ichs erreichen, um deine Schläfe und deine Schultern würd' ich sie winden. Rette, o rette, gütiger Pan, unsern Vater, und schenke ihn uns armen Kindern wieder - -

Daphnis. Diese Früchte bring ich dir, die süssesten die ich habe; nimm, ach nimm sie gütig an! Die beste Ziege würd' ich dir geopfert haben, wäre sie nicht stärker als ich Kind bin. Aber bin ich grösser, dann opfre ich dir alle Jahre zwo, daß du unsern Vater uns schenktest. Laß unsern besten Vater gesund werden!

Chloe. Dieses Vögelgen will ich dir opfern, gütiger Pan; es ist unter allem das ich habe das liebste. Sieh, es fliegt auf meine Hand, um Speise zu haben; aber opfern will ichs dir, guter Pan!

Daphne. Und diese Taube würg' ich dir. Sieh, sie will spielen und freundlich thun; aber opfern will ich sie, guter Pan, daß du den Vater uns schenkest: Höre, o höre unser Flehn!

Die Kinder wollten izt würgen mit kleinen zitternden Händen; aber eine freundliche Stimme rief: Gerne hören die Götter die Gebete der Unschuld; würget eure Freude nicht Kindergen, euer Vater ist gesund! Und er war gesund. Entzückt über die Frömmigkeit der Kinder, giengen sie selbiges Tages noch alle, dem Pan zu opfern; und Menalkas erlebte in vollem Segen seine Enkel.

Erythia.

Myrson. Hier laß uns im Bache gehn, das Wasser kühlt unsre Füsse; über uns wölben sich Weiden und schlanke Eschen mit Schatten.

Lycidas. Seys denn; bey dieser schwülen Hitze sucht jeder schmachtend die Kühlung.

Myrson. Laß uns gehn bis dahin wo der Bach herunter sich stürzt; lieblich ists dort und kühl, als schwämmst du beym Mondschein im Wasser.

Lycidas. Horche, schon hör ich des fallenden Wassers Geräusche. Es ist, als sucht' jedes Geschöpf' in diesen Schatten seine Freude. Welch Gesumse, welch Schwirren, welch Zwitschern, welch frohes buntes Gewimmel flattert da im Schatten! Diese kleine Wasserstelze, will sie den Weg uns weisen? Sieh, wie sie vor uns her so munter von Stein zu Steine hüpft. Ha! Sieh da, wie ein heller Sonnenstral in diesen holen Weidenstamm fällt, mit Winden und Epheu behangen. Sieh doch, ein junges Böckgen schläft drinnen; wie schlau hat sich das die angenehme Ruhstatt gewählt!

Myrson. Du siehst alles; nur nicht, daß wir da sind wo wir seyn sollen.

Lycas. Ha ja! Pan! Ihr Götter! Welch angenehmer Ort ist das!

Myrson. Wie ein silberner Teppich, den ein sanfter Wind bewegt, deckt der stürzende Bach die hinter ihm sich wölbende Höle; ein Kranz von Gesträuchen umfaßt ihn. Komm, laß uns hinter den Wasserfall in die Höle gehn.

Lycas. Ha, mir schauerts von angenehmer Kühlung! Wie der Bach vor uns niederplätschert! Jeder stürzende Tropfe flimmert am Sonnenstrahl wie Feuer.

Myrson. Laß hier auf die höhern mit Moos bedeckten Steine uns sizen; unsre Füsse ruhen unbenetzt auf denen die in dem Wasser liegen, indeß daß der Wasserfall uns in die Höle verschließt.

Lycas. So einen anmuthsvollen Ort hab ich noch nie gesehn.

Myrson. Ja anmuthsvoll ist er; auch ist er dem Pan heilig. Am Mittag fliehn ihn die Hirten; man sagt, daß er dann oft da ruhet. Auch wird von der Quelle eine Geschichte gesungen: Verlangest du das, so will ich sie singen.

Lycas. Hier sizen wir bequem; auf diesem Polster von Moos lehn ich mich an die Felsenwand hin, und höre mit Entzüken deinen Gesang.

Schön, du Tochter des Eridanus, schöner als alle von Dianens Gefolge, warst du Erythia. War gleich ihre Schönheit noch im Aufblühn, halb Kind noch, war sie schon von schlanker Grösse; kindische Unschuld lächelte noch im schönen Gesichte, und Schüchternheit im glänzend blauen Auge; ihr junger Busen, nur sanft gewölbt, versprach erst noch den vollern Wuchs. Bey der Sonnenhitze hatte mit ihren Gespielen sie auf den Gebürgen die Rehe verfolgt; und müde, und von Durst schmachtend lief sie zu einer Quelle. Sie kühlte die Hand, und wusch ihr schönes Gesicht; dann schöpfte sie einen kühlen Trunk, und schlürft' ihn mit kleinen Lippen. So beschäftigt, über den Bach gebückt, dachte sie an keine Gefahr; aber Pan hatte aus nahen Gesträuchen sie betrachtet, und Liebe flammete schnell in seinem Busen auf. Ihr unbemerkt schlich er herbey, bis das Geräusche des nähesten Grases an ihrem Rüken ihn verrieth. Erschrocken sprang sie auf, entwischte seinen nervigten vor Verlangen zitternden Armen; schon fühlte seine Wärme sie an ihren Hüften; ein Rosenblatt hätt' ausgefüllt, was zwischen ihr und seiner Hand noch war. Schnell sprang sie über den Bach, leicht war sie wie ein Reh, Schrecken machte sie schneller; so lief sie, er lief ihr nach; so lief sie über die Trift hin, wie ein schneller Wind über des Grases Spitzen streift; aber plötzlich stand sie vor Entsetzen still. Am äussersten Rand eines Felsen stand sie, bebte zurück, und sah erblassend ins tiefe Thal. Dann rief sie mit ängstlichem Geschrey: O Diana! Schüzerin der Keuschheit, o rette, rette mich, daß kein unkeuscher Arm meine Hüften umschlinge! Rette, o rette, Diana, Schützerin der Keuschheit! Aber der Gott war an ihrer Ferse schon; schon fühlt sie seinen Athem, und jetzt seinen umschlingenden Arm. Doch die der Liebe ungewogene Göttin hört' ihr angstvolles Flehn; Wasser trieft von seinen umschlingenden Armen, und die an sie gedrückte Brust herunter: sie zerschmilzt in seiner Umarmung zur Quelle; schmilzt, wie Frühlingsschnee an einem braunen Felsen;

schmilzt, trieft von seinen Armen, rieselt sein Knie herunter, rieselt durchs Gras, stürzt von der Felsenwand, und rieselt schon unten im Thal. Und so entstand Erythia, die reine Quelle.

Mycon.

Von Miletus kamen wir, Milon und ich, Apollen unser Opfer zu bringen. Schon sahn wir von ferne den Hügel, auf dem der Tempel auf glänzenden Säulen aus dem Lorbeerhain hoch in die blaue Luft emporsteht; und weiter hinaus flimmerte, dem Auge endlos, die Aussicht ins Meer. Mittag wars, und der Sand brannte unsre Solen, und die Sonne die Scheitel; so gerade stand sie über uns, daß die Locken an der Stirne ihre Schatten das ganze Gesicht herunter warfen. Die Eidexe schlich lächzend im Farrenkraut am Weg, und die Grille und die Heuschrecke zwitscherten unter dem Schatten der Blätter im gesengten Grase. Von jedem Tritt flog heisser Staub auf, und brannte die Augen, und saß auf die gedörreten Lippen. So giengen wir schmachtend: Aber wir verlängerten die Schritte, denn vor uns sahn wir am Wege dicht emporstehende Bäume; schwarz war der Schatten unter ihnen wie Nacht. Mit schauerndem Entzücken traten wir da in die lieblichste Kühlung. Entzückender Ort, der so plötzlich mit jeder Erquickung uns übergoß! Die Bäume umkränzten ein grosses Beth, worein die reinste, die kühleste Quelle sich ergoß. Die Äste hiengen ringsum zu ihr herunter, mit reifen Äpfeln und Birnen behangen, und zwischen den Stämmen der Bäume flatterten fruchtbare Gesträuche, Krauselbeeren und Brombeeren, und die Erbselstaude. Aber die Quelle rauschte aus dem Fuß eines Grabmals hervor, das Geißblatt und die schlanke Winde, und schleichender Epheu umwanden. Götter, so rief ich, wie lieblich ist dieser Ort der Erquikung! Heilig und gesegnet sey mir, der diese Schatten so gutthätig gepflanzt hat; vielleicht ruht seine Asche hier. Hier, sprach Milon, hier an der Vorderseite des Grabmals sehe ich unter den Ranken von Geißblatt eingegrabene Züge; vielleicht sagen uns die, wer er ist, der so für des Wandrers Erfrischung sorgt. Und jetzt hob er die Ranken mit seinem Stab, und las:

Hier ruhet die Asche des Mycon! Gutthätigkeit war sein ganzes Leben. Lange nach seinem Tod wollt' er noch gutes thun, und leitete diese Quelle hieher, und pflanzte diese Bäume.

Gesegnet sey deine Asche, du Redlicher, so sprach ich; gesegnet die Deinen, die du zurückliessest! Und da kam jemand unter den Bäumen hervor; ein schönes Weib wars, von schlanker Gestalt und edlem Ansehn. Einen Wasserkrug trug sie am Arm, und so kam sie zu der Quelle. Seyd mir gesegnet in diesen Schatten, so redte sie mit holder Freundlichkeit; ihr seyd Fremde; vielleicht, vielleicht hat ein zuweiter Weg bey der Sonnenhitze euch ermüdet. Sagt, kann zu eurer Erfrischung noch etwas euch dienen, als was ihr hier findet?

Sey uns gesegnet, so erwiederten wir, gutthätiges Weib. Wir bedörfen keiner andern Erfrischung; süß hat uns diese Quelle, süß diese Früchte und dieser Schatten erquickt. Ehrfurcht erfüllt uns für den Redlichen, dessen Asche hier ruhet, der so für die Bedürfnisse des Wandrers sorgte. Du bist von dieser Gegend, du kanntest den Mann; sag uns, indeß dieser heilige Schatten uns kühlt, sag uns wer er war?

Jetzt stellte die Frau ihren Wasserkrug auf den Fuß des Grabmals, lehnte sich drauf, und sprach mit freundlichem Lächeln:

Mycon, so hieß er, der die Götter ehrte, dessen süsseste Wollust war, andern Gutes zu thun. In dieser ganzen Gegend wird kein Hirt seyn, der nicht mit Freundschaft und Dankbarkeit sein Andenken ehrt; keiner der nicht Geschichten seiner Redlichkeit und seiner Güte mit Freudenthränen erzählt. Ich selbst, ich danks ihm, daß ich das glücklichste Weib bin, – – hier glänzten Thränen in ihren Augen – – das Weib seines Sohns. – – Mein Vater war gestorben; in kummervoller Armuth ließ er ein redliches Weib und mich zurück. In häuslicher Stille, von unsrer Arbeit und frommer Gutthätigkeit genährt, lebten wir, und Tugend und Frömmigkeit war unser einziger Reichtum. Zwo Ziegen gaben uns ihre Milch, und ein kleiner Baumgarten seine Früchte. Nicht lange lebten wir in dieser Ruhe; auch meine Mutter starb, und hinterließ mich trostloses Kind. Aber Mycon nahm mich in sein Haus, und übergab mir häusliche Geschäfte, und war mehr mein Vater als mein Herr. Sein Sohn, der beste und schönste Hirt der ganzen Gegend, sah meine redliche Geschäftigkeit, und meine aufmerksame Sorge meines Glückes werth zu seyn; er sah es und liebte mich, und sagt' es mir, daß er mich liebte. Was in meinem Herzen ich empfand, wollt' ich mir selbst nicht gestehn. O Damon, Damon! Vergiß deine Liebe! Ich armes Mädchen bin glücklich genug, die Dienstmagd deines Hauses zu seyn. So fleht ich ihm immer, aber er vergaß seine Liebe nicht. Eines Morgens war ich eben im Vorhaus beschäftigt, die Wolle der Heerde zur Arbeit zu rüsten: Da trat Mycon herein, und setzte sich neben mir an die Morgensonne; lange sah er mit freundlichem Lächeln mich an. Kind, so sprach er jetzt, deine Frömmigkeit, deine Geschäftigkeit, dein ganzes Betragen gefallen mir so wohl; du bist das beste Kind, und ich will, geben die Götter das Gedeyen, ich will dich glücklich sehn! Könnt' ich, mein bester Herr, könnt' ich glücklicher seyn, als wenn ich deiner Gutthaten würdig bin! So antwortete ich, und Thränen der Dankbarkeit flossen von meinen Augen. Kind, sprach er, ich möchte das Andenken deines Vaters und deiner Mutter ehren; ich möcht' in meinem Alter meinen Sohn und dich glücklich sehn. Er liebt dich; kannst du, sage mirs, kannst du durch seine Liebe glücklich seyn? Jetzt entsank die Arbeit meiner Hand; zitternd, erröthend stand ich vor ihm. Er nahm meine Hand; und, kannst du, so sagt er, kannst du durch seine Liebe glücklich seyn? Ich fiel vor ihm nieder, drückte im stummen Entzücken seine Hand an mein bethräntes Gesicht; und von selbigem Tag an bin ich das glücklichste Weib. Jetzt trocknete sie ihre Augen. Das war der Mann, der hier ruhet, so fuhr sie fort: Aber wie er diese Quelle hieher geleitet, und diese Schatten gepflanzt hat, das wünscht ihr noch zu wissen, und ich wills euch erzählen:

Gegen dem Ende seines Lebens gieng er oft, und setzte sich hier an der Strasse, grüßte freundlich den Wandrer, und bot dem Armen und dem Müden Erquickung. Wie, wenn ich einen kühlen Schatten von fruchtbaren Bäumen hier pflanzte, und eine kühle Quelle in diesen Schatten leitete? Weither ist keine Quelle und kein Schatten. So erquick ich, wenn ich lange nicht mehr bin, den Müden, und den der an der Sonnenhitze schmachtet. So sprach er, und ließ vom Feld her die kühleste Quelle leiten, und pflanzte fruchtbare Bäume umher, die früher und später reifen. Die Arbeit war vollendet; und jetzt gieng er zum Tempel des Apoll, opferte und bat: Laß, was ich pflanzte, gedeyen; so kann der Fromme, der fernher zu deinem Tempel geht, im kühlen Schatten sich erfrischen.

Der Gott hatte seine Bitte gnädig erhört. Den folgenden Morgen erwacht' er frühe, und sah aus seinem Fenster nach der Strasse. Da sah er, wo er die Sprößlinge pflanzte, hochaufgewachsene Bäume. Götter, so rief er, was seh ich! Kinder, sagt mirs, täuscht mich ein Traum? Ich sehe, was ich gestern gepflanzt, zu Bäumen emporgewachsen. Voll heiligen Erstaunens giengen wir jetzt unter den

Schatten; in vollestem Wuchse standen die Bäume da, und streckten die starken Äste weit umher; die Last der reifen Früchte bog sie herunter zum blumigten Gras. O Wunder, so rief der Greis, ich Alter soll selbst noch in diesen Schatten wandeln! Und wir dankten und opferten dem Gotte, der so gnädig noch mehr als seine Wünsche erfüllte. Aber ach! Er wandelte nicht lange mehr in diesen Schatten; er starb, und wir begruben ihn hier; daß der, welcher in diesen Schatten ruhet, dankbar seine Asche segne.

So erzählte sie. Gerührt segneten wir die Asche des Redlichen. Süß hat uns die Quelle, süß der Schatten erquickt; aber mehr noch, was du uns so freundlich erzähltest; sey uns gesegnet! So sprachen wir, und giengen voll frommer Empfindung zum Tempel des Apoll.

Thyrsis.

Umsonst, so klagte Thyrsis seine Qual, für mich umsonst, ihr gütigen Nymphen, schwebt angenehme Kühlung in diesen Schatten, wo ihr eure Quellen im wölbenden Gesträuch ausgiesset. Ich schmachte, ach, wie man an der Sommersonne schmachtet! Unten am kleinen Hügel, auf dem die Hütte der Chloe steht, saß ich, und blies der Echo ein sanftes Liedgen vor. Oben beschattet den Hügel der Baumgarten, den sie wartet und pflanzt, und neben mir plätscherte das Wasser herunter, das ihn durchschlängelt, an dessen blumigtem Bord sie oft schlummert, oft ihre Hände und Wangen kühlt. Plötzlich hört ich das Knarren des Riegels, der des Gartens Thüre schließt. Sie trat heraus; ein sanfter Wind flatterte in ihrem blonden Haar und im leichten Gewand. O wie schön, wie schön war sie! Ein reinliches Körbgen voll glänzender Früchte trug sie an der einen Hand; und schamhaft, auch da wo sie keinen Zeugen vermuthet, hielt sie mit der andern das Gewand über den jungen Busen vest; denn ihn würde der Wind in seinem Spiel entblösset haben; aber es schmiegte sich um Hüften und Knie, und flatterte sanft tauschend rückwerts in die Luft. So gieng sie auf der Höhe des Hügels vorüber. Aber zween Äpfel fielen vom Körbgen, und hüpften den Hügel hinunter, gerade auf mich, auf mich zu, als hätt' Amor selbst ihren Lauf gelenkt. Ich nahm sie von der Erde, und drückt' an meine Lippen sie; und so trug ich sie den Hügel hinauf und gab sie dem Mädchen wieder; aber meine Hand zitterte, ich wollte reden, aber ich seufzte nur. Aber Chloe blickte nieder, sanfte Röthe überhauchte ihre schönen Wangen; sanft lächelnd, und röther, schenkte sie die schönen Apfel mir. Jetzt standen wir, ach was ich empfand! schüchtern beyde; jetzt gieng sie mit sanftem Schritt der Hütte zu. Mein unverwandter Blick sah ihr nach; da sie hineintrat, sah sie zögernd und freundlich noch einmal zurücke; sah ich sie gleich nicht mehr, mein Blick war doch an die Schwelle der Thüre geheftet. Jetzt gieng ich, Zittern war in meinen Knien, den Hügel hinunter. Ach, Stehe du mir bey, gütiger Amor! Was ich seither empfinde, wird nie wieder in meinem Busen erlöschen.

An den Amor.

Ach Amor, lieber Amor!
Schon an dem ersten May
Baut in des Gartens Ecke
Ich den Altar für dich,
Und pflanzte Rosenhecken
Und Myrthen drüber her:
Und lag nicht jeden Morgen
Thauvoll ein Blumenkranz
Auf deines Altars Mitte?
Ach alles war umsonst!
Schon streifen Winterwinde
Das Laub von Baum und Strauch,
Und Phillis ist noch spröde,
Spröd wie am ersten May.

Daphnis.

In stiller Nacht hatte Daphnis sich zu seines Mädgens Hütte ge-
schlichen; denn die Liebe macht schlaflos. Hell schimmerten die
Sterne durch den ganzen Himmel gesäet; sanft glänzte der Mond
durch die schwarzen Schatten der Bäume; still und düstern war
alles; jede Geschäftigkeit schlief, und jedes Licht war erloschen. Nur
Funken vom Mondschein hüpften auf rieselndem Wasser, oder ein
seltenes Würmgen leuchtete im tiefesten Dunkel. Da saß er der
Hütte gegenüber in schwermüthiger Entzückung, und sah nur mit
vestgeheftetem Blick das Fenster der Kammer wo sein Mädgen
schlief. Halb geöffnet wars den kühlen Winden und des Mondes
sanftem Licht. Mit sanfter Stimme hub' er jetzt diesen Gesang an:

Süß sey dein Schlummer, du meine Geliebte! Erquickend wie der
Morgenthau! Sanft und ruhig liege dort, wie ein Tropfe Thau im
Lilienblatt, wenn die Blumen kein Hauch bewegt; denn sollte reine
Unschuld nicht ruhig schlummern? Nur süsse frohe Träume sollen
um sie schweben. Steigt herunter süsse Träume, auf den Stralen des
Mondes steigt zu ihr herunter! Nur frohe Triften soll sie sehn, ;wo
milchweisse Schafe weiden; oder ihr solls dünken, sie höre den
Gesang sanfter Flöten, schön wie Apoll sie spielt, durchs einsame
Thal tönen. Oder laßt ihr seyn, sie bade in einer reinen Quelle sich,
und Myrthen- und Rosenstauden wölben sich um sie her; von nie-
mandem gesehn, als den kleinen Vögelgen, die ihr von jedem Ästgen singen. Oder ihr dünke, als spielte sie mit den Huldgöttinnen;
und sie nennen sie Geliebte und Schwester; und sie brechen Blumen
in der schönsten Flur; die Kränze, die sie flicht, gehören den Huldgöttinnen; die jene flechten, gehören ihr. Oder laßt sie im Schatten
von Bäumen durch balsamdüftende Blumen irren: Laßt kleine Liebesgötter wie Bienen schwärmen, sich fliehn und sich haschen; zehn
fliegen mit der Last eines duftenden Apfels her; ein andrer
Schwarm bringt eine reife Traube; die andern schwärmen in Blumen und jagen ihr Gerüche zu. Dann komme im Schatten ihr Amor
entgegen, doch ohne Bogen und Pfeile, daß sie nicht schüchtern
wird; aber mit jeder süssesten Anmuth des Liebreitzes geschmückt.
Auch laßt mein Bild ihr erscheinen, wie ich schmachtend vor ihr
steh, erröthend niederblicke, und mit Seufzen unterbrochen ihr
sage, daß ich vor Liebe verschmachte. Noch durft ichs ihr nicht

sagen. O möchte bey diesem Traum ein Seufzer ihren Busen schwellen! Möchte schlafend sie sanft lächeln und erröthen! O möcht ich schön seyn, wie Apoll da er die Heerden weidete; möchten meine Lieder süß tönen, wie die Lieder der Nachtigall; möchte jede Tugend mich schmücken, daß ichs werth wäre von ihr geliebt zu seyn!

So sang er; und dann gieng er im Mondschein nach seiner Hütte zurück. Hoffnungsvolle Träume versüsseten ihm die übrigen Stunden der Nacht. Früh am Morgen trieb er seine Heerde den Hügel hinan, wo seines Mädgens Hütte am Wege steht. Langsam giengen seine Schafe, und weideten zu beyden Seiten des Bordes. Graset ihr Schafe, ihr Lämmer; nirgend ist bessere Weide! Wo sie hinblickt blühet alles schöner; wo sie wandelt wachsen Blumen. So sagt' er, als sein Mädgen ans Fenster stand. Die Morgensonne beschien ihr schönes Gesicht: Deutlich sah ers, daß sie lächelnd ihn anblickte, und daß ein höheres Roth auf ihre Wangen stieg. Langsam mit pochendem Herzen gieng er vorüber: Holdselig grüßt sie ihn, und holdselig blickt sie ihm nach; denn sie hatte seinen nächtlichen Gesang behorcht.

Thyrsis und Menalkas.

Thyrsis. Dem Amor hatt' ich ein Gelübde gebracht, im kleinen marmornen Tempel. Ein reinliches, ganz neues Körbgen hieng ich im Myrtenwäldgen auf, und einen frischen Kranz, und meine beste Flöte. O lieber Amor, sey, (so fleht' ich) sey meiner Liebe gewogen! Heute gieng ich beym kleinen Tempel vorbey, trat in den Myrtenhain, und sah nach meinem Körbgen. Und sieh, sieh, was ich da sah. Ein Vögelgen saß auf des Körbgens Rand und sang. Da trat ich näher, da flog es weg; ich sah ins Körbgen, und sieh, ein wohlgebautes Nestgen war, und Eyergen waren drinnen; und das Weibgen schmiegte sorgsam sich drüber, und blickte mich an, als wollt es mich flehn: Zerstöre, junger Hirt, o zerstöre die kleine Wirthschaft nicht! Der andre flatterte um meine Stirn und Haare. Ich gieng zurück, schnell war das Männgen wieder auf des Körbgens Rand; mit frohem Zwitschern freuten sie sich und sangen. Nun sage du mir, lieber Menalkas, der du alle Deutungen weissest, sage mir, was bedeutet das?

Menalkas. Glücklich werdet ihr, dein Mädgen und du, beysammen wohnen, und fruchtbar wird eure Liebe seyn!

Thyrsis. Bey den Göttern! Das dacht ich auch; doch wollt' ich deine Weisheit hören. Sieh, dieses junge Zickgen schenk ich dir; und diese Flasche voll Honig, süß wie meines Mädgens Lippen, und lauter wie die Luft. So sprach er, und hüpfte vor Freude, wie eine junge Ziege im Mayenthau hüpft.

Daphne.

Daphne war schön und arm; fromm erzogen, von einer Mutter die ihr zu frühe starb. Jetzt war sie die Dienstmagd des Mycon: Er baute das Landgut eines reichen Bürgers aus Mitylene, und Daphne weidete seine Heerde. Einst gieng sie mit Thränen in ihren Augen zum stillen Grabe der Mutter, goß eine Schale voll Wasser aus, und hieng Kränze an die Ranken der Stauden, die sie drüber her gepflanzt hatte. Da setzte sie neben dem Grabe sich hin, weinte und sprach: O theures Andenken deiner Tugend, deiner Frömmigkeit, o geliebteste Mutter! Du, du hast meine Unschuld gerettet. Sollt' ich je deine Ermahnungen vergessen, die du mit ruhigem Lächeln mir gabst, und da an meinen Busen hinsankest und starbst; sollt ich je vergessen, wie tugendhaft du warest, dann, o dann mögen die gütigen Götter mich vergessen; dann mög' ich im Elend sterben, und dein heiliger Schatte möge mich fliehn! Du Geliebte, du hast meine Unschuld gerettet. Alles, ach alles, will ich deinem Schatten erzählen: Hab ich doch, ich Verlassene, hab ich doch sonst niemand, dem ich mit frommem Vertrauen mein Herz öffnen dürfte. Nicias, der Herr des Mycon, dessen Heerde ich weide, kam auf sein Gut, des Herbstes Freuden zu sehn. Er sah mich, that freundlich mit mir; er lobte meine Heerde, daß ich so gut sie pflege; sagte ich wär' ein süsses Mädgen, und gab mir Geschenke. Götter! Ich einfältiges Mädgen, was wissen wir doch auf dem Lande! Gütig, dacht ich, ist unser Herr; ihn mögen die Götter darfür segnen; zu ihnen will ich für ihn beten, das ist alles, was ich kann. Glücklich sind die Reichen und von den Göttern geliebt; doch sie verdienens ja wol, sind sie gütig wie er. So dacht ich, und ich litt es, wenn er meine Hand in die seine schloß, und erröthete und durfte nicht aufblicken, da er einen Ring von Gold an meinen Finger steckte! Sieh, auf diesem Steingen dies Kind mit Flügeln, das soll dich glücklich machen; so sprach er, und streichelte meine erröthenden Wangen. Ist er doch wie ein Vater gütig mit dir! Wie verdienst du so viel Gnade von einem so reichen und mächtigen Herrn: So dacht ich einfältiges Kind, aber ach, wie war ich betrogen! Heute früh fand er im Garten mich; da faßt er mich freundlich unter dem Kinne: Bringe, sprach er, mir frische Blumen, ich möchte an ihrem Geruch mich erquiken, dort in die Laube von Myrthen. Geschäftig und freudig sucht' ich die schönsten aus, und lief mit froher Eile nach der Laube. Leicht bist du wie ein Zephir, und schöner als die Göttin der Blumen; so sagt er, und – – Götter, Götter! Noch beb ich durch alle Gebeine, er riß mich auf seinen Schooß hin, drückt' an seinen Busen mich, und alle Verheissungen die verführen, und alles was Liebe reitzendes sagen kann, das floß von seinen Lippen. Ich weinte, ich bebte und wäre der Verführung zu schwach, ach! jetzt unglücklich, jetzt nicht mehr dein unschuldiges Kind. Hätte, so dacht ich, deine fromme Mutter dich je unkeusche Umarmungen niederträchtig dulden gesehn! Ich dachts, und bebte zurück und entfloh. Jetzt komm ich, Geliebte! Ich komm auf deinem Grabe zu weinen. Ach, daß ich, junges armes Kind, so früh dich verlor. Eine zu zarte Pflanze bin ich, die den Stab verlor, an den sie sich schmiegte. Diese Schale voll Wasser gieß ich deinem frommen Schatten aus; nimm diese Kränze, nimm meine Thränen! Möchten, o möchten sie bis zu deinen Gebeinen dringen! Und höre, höre geliebte Mutter! Ach, deiner Asche, die hier unter den bethränten Blümgen ruht, deinem heiligen Schatten wiederhole ich dies Gelübde. Tugend und Unschuld, und die Furcht der Götter sollen das Glück meines Lebens seyn. Sey ich nur arm und froh, und zufrieden, und thue nichts das du nicht mit freundlichem Lächeln gebilliget hättest; dann werd' ich, wie du es warst, von Göttern und den Menschen geliebt, weil ich fromm, redlich und dienstfertig bin; und dann sterb ich einst lächelnd und mit Freudenthränen, wie du starbest.

Und jetzt gieng sie. Frohe Empfindung der Tugend strömte ganz durch sie hin, und glänzte in ihren thränenbenezten Augen. Schön war sie wie ein Frühlingstag, wenn ein sanfter Regen fällt, und doch die Sonne scheint. Froh wollte sie zu ihren Geschäften; aber Nicias kam auf dem Weg ihr entgegen. Mädgen, so sprach er, und Thränen flossen seine Wangen herunter; ich hab auf dem Grabe deiner Mutter dich behorcht: Fürchte dich nicht tugendhaftes Mädgen! Dank sey den Göttern, Dank deiner Tugend, du hast mich von dem Verbrechen gerettet, deine Unschuld verführt zu haben! Verzeihe, keusches Mädgen, verzeihe, und fürchte von mir kein neues Verbrechen: Auch meine Tugend siegt. Sey fromm, sey tugendhaft; aber sey auch glücklich. Jene baumreiche Wiese, bey deiner Mutter Grab, und die Hälfte der Heerde, die du gehütet hast, sey dein. Möge ein würdiger Gatte, tugendhaft wie du, das Glück deines Lebens seyn!

Weine nicht, frommes Mädgen! Nimm das Geschenke, das mein redliches Herz dir giebt, und laß mich ferner für dein Glück sorgen; sonst wirds, daß ich deine Tugend beleidigte, mein ganzes Leben mich quälen. Vergiß, vergiß mein Verbrechen! Du hast, wie eine gütige Gottheit, mich vom Verderben gerettet.

Daphnis und Micon.

Daphnis. Sieh, der Bock dort wadet in den Sumpf, und die Schafe folgen ihm. Ungesunde Kräuter wachsen da im Schlamm, und Ungeziefer schlürfen sie mit dem Wasser. Komm, wir wollen sie zurücktreiben.

Micon. Die Unsinnigen! Hier ist Klee und Rosmarin, und Timian und Quendel, und an jedem Stamme schleicht das Epheu; doch gehn sie zum Sumpf. Aber wir machens wol selbst oft so; gehen beym Guten vorüber, und wählen was uns schädlich ist!

Daphnis. Sieh wohin er wadet; die Frösche springen weit vor ihm her aus dem Schilf. Heraus ihr Einfältigen, ans grasigte Bord: Wie garstig ihr die weisse Wolle beflecket!

Micon. Nun seyd ihr da: Hier sollet ihr weiden! Aber sage mir, Daphnis, was ich da sehe. Marmorsäulen liegen im Sumpfe, und Schilf und Unkraut schlägt sich drüber. Sieh ein zerfallnes Gewölbe von Epheu über und überschlungen, und Dornen wachsen aus jeder Ritze.

Daphnis. Ein Grabmal wars.

Micon. Das muß es wol gewesen seyn. Sieh da liegt die Urne im Schlamm. Bilder scheinen aus ihren Seiten hervorzuspringen: Fürchterliche Krieger sinds und tobende Pferde; sieh, mit ihren Hufen zertreten sie Männer die verwundet zu Boden stürzen. Der muß wol kein Hirt gewesen seyn, dessen verschüttete Asche so traurige Bilder einschlossen: Der muß wol kein Liebling der Gegend gewesen seyn, dessen Grabmal ihr so zerfallen lasset: Die Nachkommen müssen wol wenig seinem Andenken geopfert, wenig Blumen auf sein Grab gestreut haben.

Daphnis. Ein Unmensch war er. Fruchtbare Felder hat er verwüstet, und freye Menschen zu Sclaven gemacht. Die Hufen seiner Reuter stampften die Saaten zu Boden, und mit den Leichen unsrer Vorältern hat er die öden Felder übersäet. Wie wütende Wölfe die Heerden überfallen, so überfiel er mit bewaffneten Schaaren die Unschuldigen, die ihm kein Leid gethan. So däuchte er sich in seiner Bosheit groß, brüstete sich in marmornen Palästen, und schwelgte in dem Raub unglücklicher Länder; und da hat er dies Denkmal seiner Bosheit selbst hieher gebaut.

Micon. Götter! Ein Unmensch war der; aber wie einfältig! Seinen Greuelthaten baut er ein Denkmal, daß auch die späten Nachkommen sie nie vergessen; nie vergessen, wenn sie hier vorübergehn, seinem Andenken zu fluchen. Zertrümmert liegt nun sein Grabmal, und seine Asche ist im Sumpf verschüttet, indeß in der Urne Ungeziefer im Schlamm brütet. Lächerlich ists, wie da ein junger Frosch dem tobenden Held auf dem Helm sitzt, und eine Schnecke sein drohendes Schwert hinaufschleicht.

Daphnis. Was bleibt nun von seiner fürchterlichen Grösse? Nichts als das schwarze Andenken seiner Bosheit, indeß die Furien seinen Schatten peinigen.

Micon. Und niemand, niemand thut einen frommen Wunsch für ihn. Götter! Wie unglücklich ist der, welcher sein Leben mit Lasterthaten befleckt! Auch nach seinem Tod ist sein Andenken ein Abscheu. Nein, könnt ich mit einer Schandthat den Reichtum der ganzen Welt gewinnen, lieber, viel lieber wollt ich nur zwo Ziegen hüten, und redlich und keiner Bosheit mir bewußt seyn. Die eine wolt ich noch den Göttern opfern, und ihnen danken, daß ich glücklich bin. Der Böses thut, gebt ihm alles, er ist nie glücklich.

Daphnis. Laß uns den Ort verlassen, der nur traurige, schwarze Bilder aufweckt. Komm mit mir, ein froheres Denkmal will ich dir weisen; das Denkmal, das ein redlicher Mann, mein Vater, sich errichtet hat. Du Alexis magst indeß die Schafe und die Ziegen hüten.

Micon. Mit Freude geh ich mit dir, das Andenken deines Vaters zu feyern, dessen Redlichkeit auch jetzt noch weit umher geehret wird.

Daphnis. Hier Freund, gehe diesen Fußsteig durch die Wiese, hier an dem mit Hopfen behangenen Gränzgott vorbey.

Und sie giengen. An der Rechten des schmalen Weges wuchs Gras, das an ihre Hüften reichte; zur Linken war ein Kornfeld, dessen Ähren über ihren Häuptern winkten; und der Weg führte sie in die stillen Schatten fruchtbarer Bäume, in deren Mitte eine bequeme Hütte stand. In diesen anmuthsvollen Schattenplatz stellte Daphnis einen kleinen Tisch, und holte einen Korb voll Früchte, und einen Krug voll kühlen Weins.

Micon. Sag mir, wo ist das Denkmal deines Vaters, daß ich die erste Schale Wein dem Schatten des Redlichen ausgiesse?

Daphnis. Hier, Freund, giesse sie in diesen friedsamen Schatten aus. Was du hier siehest, ist sein rühmliches Denkmal. Die Gegend war öde; sein Fleiß hat diese Felder gebaut, und diese fruchtbaren Schatten hat seine eigne Hand gepflanzt. Wir, seine Kinder, und unsre späten Nachkommen werden sein Andenken segnen, und jeder dem wir aus unserm Segen Gutes thun; denn der Segen des Redlichen ruhet auf diesen Feldern und Triften, und in diesen stillen Schatten und auf uns.

Micon. Du Redlicher! Diese Schale, die ich hingiesse, sey deinem Andenken geweiht. Herrliches Denkmal, womit man Segen und Nahrung auf würdige Nachkommen bringt, und auch nach seinem Tode Gutes thut!

Daphne und Chloe.

Daphne. Schwül ists noch, neigt sich gleich die Sonne schon; noch schmachten alle Gewächse: Laß uns hier ans Ufer heruntergehn, wo kleine Wellen das Bord schlagen. Kühl ists da im überhangenden Gesträuche.

Chloe. Geh Mädgen, ich folge dir; geh weiter voraus, sonst schlagen die Ranken mir ins Gesicht.

Daphne. Wie klar dies Wasser hier ist! jedes Steingen siehst du am Grunde; wie sanft, wie sanft es fließt! Ha, bey den Nymphen! Ich werfe mein Gewand hier ans Ufer, und laufe bis an den Busen in diese angenehme Kühlung.

Chloe. Wenn jemand kömmt, wenn jemand uns sieht!

Daphne. Kein Fußsteig führt hier zum Ufer, ganz umschließt uns dichtes Gesträuch; und der Apfelbaum, der vom Ufer über das Wasser hängt, deckt uns mit seinem grünen Gewölbe; in einer grünen Höle sind wir hier eingeschlossen, jedem Auge verborgen. Sieh, nur hier und da öffnet die Belaubung sich einem kleinen Sonnenstral, und schließt sich plötzlich wieder.

Chloe. Seys denn, Daphne! Was du wagest, das wag ich auch.

Jetzt legten die Mädgen ihr Gewand ans Ufer, und mit sanftem Schauern traten sie in die kalte Flut; hüpfende Wellen umschlangen ihre runden Kniee, und jetzt ihre weissen Hüften; denn sie setzten auf Steine sich, die unter den Wellen am Ufer lagen.

Daphne. Munter und neubelebt bin ich. Was fangen wir an, wollen wir ein Liedgen singen?

Chloe. Einfältiges Kind! Singen, daß man uns vom Ufer hört.

Daphne. So wollen wir flüstern. Weissest du was? Erzähle mir ein Geschichtgen.

Chloe. Ein Geschichtgen?

Daphne. Ja, ein geheimes artiges Geschichtgen; du erzählest mir zuerst, und dann erzähl ich dir.

Chloe. Ich weiß wol eins, artig genug, aber - - -

Daphne. Verschwiegen bin ich, wie diese Gebüsche.

Chloe. Seys denn. Jüngst trieb ich meine Heerde den Hügel hinunter in die Trift, deren Ufer das Meer spült. Ein grosser Kirschbaum steht, du weissest es, mitten auf dem Hügel. Als ich – – – Doch, bin ich nicht närrisch? Mein Geheimstes erzähl ich dir.

Daphne. Aus dem Geheimsten meines Busens erzähl ich dir dann wieder.

Chloe. Nun: Als ich den Pfad einsam hinuntergieng, mit einmal hört ich eine liebliche Stimme, die ein süsses Lied sang. Schüchtern stand ich stille, sah rings um mich her, und niemand, niemand konnt ich sehn. Ich gieng, und immer kam ich der Stimme näher. Ich gieng, und jetzt war sie hinter mir; denn ich war den Kirschbaum vorbey, in dessen Wipfel die süsse Stimme sang: Aber was sie sang, das darf ich nicht sagen, weiss ich gleich jede Silbe noch.

Daphne. Du must es mir sagen: Hier in diesen verschwiegenen Schatten haben wir keine Geheimnisse; besonders sind Mädgen im Bade vertraut.

Chloe. Seys denn. Unverschämt muß ich mein eigen Lob wiederholen – – – Doch, junge Hirten schweifen immer in unserm Lob aus – – Da ich den Hügel hereingieng – – (Ich spüre es, Röthe steigt mir auf die Wangen): Wer ist sie, die in so schlanker Länge den Hügel hereingeht; so hub das Lied an; sagt mirs, ihr sanften Winde, die ihr mit ihren Haaren und mit dem flatternden Gewande spielt. Wer ist sie? Ists etwa der Huldgöttinnen eine? Ist es, so muß sie wol die jüngste und die schönste seyn. Wolriechender Quendel und die gelben Sträußgen des Schottenklee schmiegen sich unter ihrem sanften Fußtritte. Wie die Wegwarte und die Feuerblume, und die blauen Glockenblumen am Borde des Weges sich neigen, und ihre kleinen Füsse küssen! Die deine Füsse küßten, die deine Fersen traten, die will ich sammeln; zween Kränze will ich flechten, den einen für mein Haar, den andern will ich dem Amor weihn. Wie sie mit schwarzen Augen umherzieht! O sey nicht schüchtern; ich bin kein Raubvogel, noch einer der Unglück bedeutet: Aber, o mögt ich, um mit süssen Tönen dich zu halten, möcht ich lieblich singen wie die Grasmücke, oder wie die Nachtigallen in der hellen Frühlingsnacht; denn so entzückt die Nachtigall der Frühling nicht, wie deine Schönheit mich. Eile nicht so schüchtern vorüber! Ihr Dornen bieget euch rückwärts, verwundet ihre kleinen Füsse nicht! Bey ihrem Gewand mögt ihr sie wol halten, daß das süsse Mädgen ein wenig verzöge. Aber sie eilt; die kleinen Westwinde, für mich gefällig; sie stemmen sich gegen ihr, aber ihr Gewand nur flattert rückwärts; dich selbst, schüchternes Mädgen, dich selbst, vermögen sie nicht zu halten. Die schönsten Früchte, die dieser Baum mir giebt, die will ich in einem Körbgen beym Mondschein an dein Fenster hängen. Nimmst du sie gütig an, dann bin ich, ach dann bin ich der glücklichste der ganzen Trift. Du eilest! Ach jetzt werden jene Bäume dich meinem Auge verbergen! Noch seh ich die letzte Falte deines Gewandes; aber jetzt, ach jetzt verschwindet sogar das Ende deines Schattens!

So sang er: Mit niedergeschlagenem Auge gierig ich vorüber; doch blickt' ich verstohlen nach des Baumes Wipfel, aber niemand konnt ich in den dichtbelaubten Ästen sehn. Ob ich schlief, sobald es Nacht war? Das dächt ich doch, nicht so? Genug, ich sah, der Mond leuchtet' ihm, ich sah, ein junger Hirt band ein Körbgen an meinem Gitter fest; der Mond schien hell, und warf seinen Schatten neben mir auf mein Beth hin, daß ich eröthete: Und bald, da er weggeschlichen war – – ich mußte doch wissen, ob's bloß ein Traum war – – – gieng ich ans Fenster, und band das Körbgen los; voll der schönsten Kirschen war's, süsser als ich sie jemals aß; Rosenknospen und Mirthen hatt' er drunter gemischet. Aber wer der Hirt war, vorwitziges Mädchen, das sag ich dir doch jetzt noch nicht.

Daphne. Verlang ichs doch nicht von dir zu wissen; geheimnißreich bist du. Daß er mein Bruder war, magst du mir ja verschweigen; war doch das Körbgen mein Geschenke, das er ans Gitter hieng. Roth wie die Rosenknospen waren, wirst du von da wo die Wellen am Busen spielen, bis in die Locken deiner Stirn, und blickest seitwärts ins Wasser. Umarme mich, und sey, sey meinem Bruder gut und mir.

Chloe. Würd ich mein geheimstes Geschichtgen dir erzählen, liebt ich dich nicht wie mich?

Daphne. Daß deine Schwatzhaftigkeit dich nicht unruhig mache, so mach ichs eben so, und erzähle dir, was tief in meinem Busen liegt. Den letzten Neumond opferte mein Vater dem Pan; zum Fest lud er den Menalkas, seinen Freund; und Daphnis, sein Sohn, begleitete ihn. Der blies beym Opfer auf zwo Flöten; und keiner, du weissest es, bläst sie so gut. Goldhelle Locken flossen auf sein schneeweisses Gewand; festlich geschmükt, war er schön wie der junge Apoll. Nach geendetem Opfer giengen wir, den Tag mit Freude zu enden – – – Doch horche – – – es rauscht im Gesträuch, es rauscht zum Ufer herunter.

Chloe. Horche; immer näher – – näher. Ihr Nymphen, schützet uns! Schnell, das Gewand um unsre Schultern, laß uns fliehn.

Und die schüchternen Mädchen flohen, wie Tauben fliehn, wenn der Geyer aus der Luft sich stürzt. Und doch wars nur ein junges Reh, das durstend an ihr Ufer kam.

Menalkas und Alexis.

Ein Greis war Menalkas, achtzig Jahre waren schon über sein Haupt hingeflogen; silbern war sein Haar auf seiner Scheitel und um sein Kinn, und ein Stab sicherte seinen wankenden Fußtritt. Und wie der, der nach den Arbeiten eines schönen Sommertages vergnügt an der Kühlung des Abends sitzt, den Göttern dankt und so den stillen Schlaf erwartet, so waren seine übrigen Tage den Göttern und der Ruhe heilig; denn er hatte gearbeitet und Gutes gethan, und erwartete gelassen und froh den Schlummer in dem Grabe. Er sah seine Kinder gesegnet; reiche Heerden und schöne Triften hatt' er ihnen übergeben. Mit zärtlicher Sorgfalt eiferten sie, wer mehr den frommen Alten erfreuen, mehr die Pflege der Jugend ihm vergelten könne; und das lassen die Götter nicht ungesegnet. Vor seiner Hütte saß er oft, oder im sonnenreichen Vorhaus, wo er den wohlbepflanzten Garten übersah, oder in weit sich verlierender Entfernung die Arbeiten und den Reichtum des Feldes; oder er hielt den vorübergehenden mit freundlicher Schwatzhaftigkeit auf, und hörte die Geschichtgen der Nachbarschaft, und von dem Fremdling die Neuigkeiten, und Sitten und Gebräuche ferner Länder. Seine Kindeskinder, sein süssester Zeitvertreib, gauckelten dann um ihn her. Er schlichtete ihre kleinen Zwiste, und lehrte sie gütig seyn, und nachgebend, und mitleidig gegen Menschen und gegen das kleinste Thier; und unter die mannigfaltigen Spiele, die er sie lehrte, mischet' er immer süßtreffenden Unterricht. Er selbst macht' ihnen ihr Spielgeräthe; immer kamen sie gelaufen, mach uns dieß und mach uns das, und wenns fertig war, küßten sie ihn, und hüpften mit frohem Gewühl um ihn her. Aus Schilf lehrt' er sie Flöten machen und Hirtenpfeifen, und blies ihnen vor, wie man den Schafen und den Ziegen zur Weide und von der Weide bläst; lehrte sie viele Lieder; die kleinen mußten sie singen, die grössern sie mit der Flöte begleiten; oder er erzählte ihnen lehrreiche Geschichtgen; dann sassen sie aufmerksam am Boden oder auf der Thürschwelle um ihn her.

Einst saß er so im Vorhaus an der Sonne, und Alexis sein Enkel stand allein bey ihm. Ein schöner Jüngling, jetzt hatt' er dreyzehn Frühlinge gesehn; der jugendlichen Gesundheit Rosenfarbe glühte auf seinen Wangen, und in goldnen Locken wallete sein Haar. Und der Greis erzählte ihm von dem Vergnügen, andern Gutes zu thun, und dem, der in der Noth ist, beizustehen; und daß kein Vergnügen dem gleicht, das man fühlt, wenn man eine gute That gethan hat: Die schön aufgehende Sonne, das Abendroth, der volle Mond in einer hellen Nacht, schwellen unsern Busen vor Vergnügen; aber süsser, mein Sohn, süsser ist jene Freude noch. Dem schönen Knaben quollen Thränen die Wangen herunter; mit Entzücken sah es der Greis: Du weinest mein Sohn, so sagt' er, und sah mit freundlichem Blick ihm ins Gesicht; aber gewiß, nicht meine Reden allein können dieß; in deinem Busen muß etwas seyn, das ihnen diese Stärke giebt.

Alexis wischte die Thränen von der Röthe seiner Wangen, aber neue quollen immer nach. Ach! sagt' er, ich fühl' es, ich fühl' es ganz; nichts ist süsser, als andern Gutes thun.

Menalkas drückte gerührt des Jünglings Hand in seine Hände und sprach: Auf deiner Stirne, in deinen Augen seh ich's, dich rührt etwas mehr, als das, was ich dir sagte.

Betroffen blickte der Jüngling seitwärts: Sind, so sprach er, deine Reden nicht rührend genug, Thränen wie Thau auf die Wangen zu giessen?

Ich sehe, mein Sohn, sagte Menalkas, ich sehe daß du mir was verhelest, zum erstenmal vielleicht, das deinen Busen schwellt, und schon auf deiner Zunge sitzt.

Alexis weinte und sprach: O so will ich dir alles erzählen, was ich sonst in dem innersten des Busens verschwieg. Nur halb gut ist der, der mit dem Guten prahlt, so lehrtest du uns; drum wollt ich verschweigen, was meinen Busen schwellt, was mir's so süß empfinden läßt, daß Gutesthun die süsseste Freud' unsers Lebens ist. Eins unsrer Schafe hatte sich verirret, ich sucht' es in dem Gebürge; und ich hörte im Gebürg' eine Stimme, die jammerte; da schlich ich mich hin, und ein Mann stand da. Er nahm eine schwere Bürde von der Schulter, und legte sie auf den dürren Boden hin. Weiter, so sprach er, vermag ich nicht zu gehen. Mühselig ist mein Leben, und kümmerliche Nahrung mein ganzer Gewinn. Stundenlang irr' ich schon mit dieser Last in der Mittagshitze, und keine Quelle find' ich, den brennenden Durst zu löschen; und kein Baum, und keine Staude bietet eine Frucht mir dar, daß sie mich erquicke. Ach Götter! um mich her seh ich nur Wildniß, keinen Fußsteig der mich zu den meinen führe, und weiter mögen meine schwankenden Kniee nicht. Doch ihr Götter! Ich murre nicht; denn immer habt ihr geholfen! So sagt er, und kraftlos legt er sich auf seine Bürde hin. Von ihm nicht gesehn, lief ich da so schnell ich konnte zu unsrer Hütte, raffte einen Korb voll gedörrter und frischer Früchte zusammen, nahm meine grösseste Flasche voll Milch, und, so schnell ich konnte, lief ich ins Gebürge zurück, und fand den Mann noch, den jetzt ein sanfter Schlaf erquickte. Leise leise schlich ich mich zu ihm hin, und stellte mein Körbgen neben ihn und die Flasche voll Milch; und still schlich ich ins Gebüsche zurück. Aber bald da erwachte der Mann. Er sah auf seine Bürde hin und sprach: Wie süß ist die Erquickung des Schlafes! Nun will ich's versuchen dich weiter zu schleppen, hast du doch so sanft mir zur Pfülbe gedient. Vielleicht leiten die gütigen Götter meinen Schritt, daß ich bald das Rieseln einer Quelle höre; vielleicht eine Hütte finde, wo der gutthätige Hauswirth mich unter sein Dach aufnimmt. Jetzt wollt' er die Bürde auf die Schulter heben, da erblickt er die Flasche und den Korb. Aus seinen Armen entfiel die Bürde. Götter, was seh ich? so rief er. Ach! mir Hungrigen träumet von Speise; und wenn ich erwache ist's nichts mehr. Doch nein, Götter! Ich wache, ich wache! jetzt langt' er nach den Früchten. Ich wache! O welche Gottheit, welche gütige Gottheit thut dieses Wunder? Das erste aus dieser Flasche giesse ich dir aus, und diese beyden, die grössesten dieser Früchte weyh' ich dir. Nimm, o nimm gnädig meinen Dank auf, der meine ganze Seele durchdringt! So sprach er, setzte sich hin, und mit Entzüken und mit Freudenthränen genoß er da sein Mahl. Erquickt stand er wieder auf, und dankte noch einmal der Gottheit, die so gütig für ihn sorgte. Oder, so sagt' er, haben vielleicht die Götter einen gutthätigen Sterblichen hergeführt, o warum soll ich ihn nicht sehn, ihn nicht umarmen? Wo bist du, daß ich dir danke, daß ich dich segne? Segnet ihn ihr Götter! Segnet den Redlichen, die seinen; segnet, o segnet alles was ihm zugehört! Satt bin ich, und diese Früchte nehm ich mit; mein Weib und meine Kinder sollen davon essen, und mit Freudenthränen mit mir den unbekannten Gutthäter segnen. Jetzt gieng er: O ich weinte vor Freude! Aber ich lief durchs Gebüsche den Weg ihm vor, und setzte mich an ein Bord hin, wo er vorbey mußte: Er kam, er grüßte mich, und sprach: Höre mein Sohn; sage, hast du niemanden auf diesem Gebürge gesehn, der eine Flasche trug und einen Korb voll Früchte? – – Nein, niemand hab' ich in diesem Gebüsche gesehn, der eine Flasche trug und einen Korb voll Früchte. Aber sage mir, so fragt' ich, wie kömmst du in diese Wildniß? Übel hast du gewiß dich verirret; denn hier führt keine Strasse. Übel, so erwiedert er, übel hab' ich mich verirret, mein Sohn; und hätte nicht eine gütige Gottheit, oder ein Sterblicher, den die Götter dafür segnen werden, mich gerettet, so wär' ich vor Hunger und vor Durst im Gebürge gestorben. – – So laß mich nun den Weg dir weisen; gieb deine Bürde mir zu tragen, so folgest du mir leichter. Nach vielem Weigern gab er die Bürde mir; und so führt' ich ihn auf die Strasse. Und sieh, das ist es nun, was jetzt noch mich vor Freude weinen macht. Gering und mühelos war was ich that, und doch vergnügt es mich, wenn's mir zu Sinne kömmt, wie sanfter Sonnenschein. O wie muß der glücklich seyn, der viel Gutes gethan hat!

Und der Greis umarmte den schönen Knaben, voll der süssesten Freude. O, so sprach er, froh und ruhig geh ich ins Grab, laß ich doch Tugend und Frömmigkeit in meiner Hütte zurücke.

Der Sturm.

Auf dem Vorgebürge, an dessen Seite der schilfreiche Tifernus ins Meer fließt, sassen Lacon und Battus, die Hirten der Rinder. Ein schwarzes Gewitter stieg fernher auf; ängstliche Stille war in den Wipfeln der Bäume, und die Seevögel und die Schwalben schwirreten in banger Unruhe hin und her: Schon hatten sie die Heerden vom Gebürge nach ihrer Wohnung geschickt; sie aber blieben auf dem Gebürge zurück, die fürchterliche Ankunft des Gewitters, und den Sturm auf dem Meere zu sehn. Fürchterlich ist diese Stille, so sagte Lacon: Sieh, die untergehende Sonne verbirgt sich in jenen Wolken, die Gebürgen gleich am Saume des Meeres aufsteigen.

Battus. Schwarz liegt das unabsehbare Meer vor uns. Noch ruhig; aber eine bange Stille, die bald mit fürchterlichem Tumulte wechseln wird. Ein dumpfes Geräusche tönt fernher, wie das Geheul der Angst und eines allgemeinen plötzlichen Unglücks etwa von ferne gehört wird.

Lacon. Sieh, langsam steigen die Gebürge der Wolken; immer schwärzer, immer fürchterlicher heben sie ihre Schultern hinter dem Meer hinauf.

Battus. Immer fürchterlicher wird das dumpfe Geräusche; Nacht liegt auf dem Meere; schon hat sie die Diomedischen Inseln verschlungen, du siehst sie nicht mehr. Nur flimmert noch die Flamme des Leuchtethurms von jenem Vorgebürge in der schauervollen Dunkelheit. Aber jetzt, jetzt fängt das Geheul der Winde an; sieh, sie zerreissen die Wolken; treiben sie wütend empor; sie toben auf dem Meere, es schäumt - - -

Lacon. Fürchterlich kömmt der Sturm daher. Doch gern will ich ihn wüten sehn: Mit Angst gemischte Wollust schwellt ganz meinen Busen. Wenn du willst, so bleiben wir; bald sind wir das Gebürge herunter in unsrer wohlverwahrten Hütte.

Battus. Gut, ich bleibe mit dir. Schon ist das Gewitter da; schon toben die Wellen an unserm Ufer, und die Winde heulen durch die gebogenen Wipfel.

Lacon. Ha sieh, wie die Wellen toben, ihren Schaum in die Wolken emporspritzen, fürchterlich wie Felsengebürge sich heben, und fürchterlich in den Abgrund sich stürzen. Die Blitze flammen an ihren Rücken, und erleuchten die schreckenvolle Scene.

Battus. Götter! Sieh, ein Schiff; wie ein Vogel auf einem Vorgebürge sitzt, sitzt es auf jener Welle. Ha! Sie stürzt. Wo ist's nun, wo sind die Elenden? Begraben, im Abgrund.

Lacon. Trieg' ich mich nicht, so steigt's dort auf dem Rücken jener Welle wieder empor. Götter! Rettet, o rettet sie. Sieh, sieh, die näheste Welle stürzt mit ihrer ganzen Last auf sie her. O was suchtet ihr, daß ihr so, euer väterliches Ufer verlassend, auf ungeheuern Meeren schwebt! Hatte euer Geburtsland nicht Nahrung genug euern Hunger zu sättigen? Reichtum suchtet ihr, und fandet einen jammervollen Tod.

Battus. Am väterlichen Ufer werden eure Väter und eure Weiber und eure Kinder vergebens weinen; vergebens für eure Rückkunft in den Tempeln Gelübde thun. Leer wird euer Grabmahl seyn; denn euch werden Raubvögel am Ufer fressen, verschlingen die Ungeheuer des Meers euch nicht. O Götter, laßt immer mich ruhig in armer Hütte wohnen! Zufrieden mit wenigem, nähre mein Anger mich, und mein kleines Feld und meine Heerde.

Lacon. Strafet mich Götter wie diese, wenn je Unzufriedenheit in meinem Busen seufzt; wenn ich je mehr wünsche, als was ich habe: Ruhe und mässige Nahrung!

Battus. Laß uns hinuntergehn; vielleicht daß die Wellen von diesen Elenden ans Ufer werfen. Leben sie noch, so haben wir den Trost sie zu retten; sind sie todt, so beruhigen wir doch ihren Geist, und geben ihnen ein ruhiges Grab.

Sie giengen hinunter ans Ufer, und fanden im Sand ausgestrekt einen schönen Jüngling todt. Mit Thränen begruben sie ihn am Ufer. Trümmer des Schiffes lagen im Sande zerstreut; und sie fanden unter den Trümmern eine Kiste, öffneten sie, und schwere Reichtümer von Gold waren drinnen. Was soll uns das, sagte Battus?

Lacon. Behalten wollen wir's; nicht um reich zu seyn, davor bewahren mich die Götter! Um's zurückzugeben, wenn's ein Eigentümer sucht; oder einer der's mehr nöthig hat als wir.

Ungenutzt, und ungesucht, lag der Schatz lange bey den beyden; da liessen sie draus am Ufer einen kleinen Tempel bauen. Sechs Säulen von weissem Marmor hielten den schattigten Vordergiebel empor, und in der Vertiefung stand die Bildsäule des Pan. Der Zufriedenheit war dieser Tempel geweiht, und dir, gütiger Pan!

Die Eifersucht.

Die wütendste der Leidenschaften ist Eifersucht; die giftigste der Schlangen, die Furien in unsern Busen werfen. Das hat Alexis empfunden. Er liebte Daphnen, und Daphne liebte ihn. Beyde waren schön; er männlich braun; sie weiß und unschuldig, wie die Lilie wenn sie am Morgenroth sich öffnet. Sie hatten sich ewige Liebe geschworen; Venus und die Liebesgötter schienen jede Gutthat über sie auszugiessen. Der Vater des Alexis hatte von einer schweren Krankheit sich erholt. Sohn, so sprach er, ich hab' ein Gelübde gethan, dem Gotte der Gesundheit sechs Schafe zu opfern: Geh hin, und führe die Schafe zu seinem Tempel. Zwo lange Tagreisen weit war's zum Tempel des Gottes. Mit Thränen nahm er Abschied vom Mädgen, als hätt' er ein weites Meer zu befahren, und traurig trieb er die Schafe vor sich her. Sich so entfernend seufzt' er, wie die Turteltaube seufzt' den langen Weg hin; gieng durch die schönsten Fluren, und sah sie nicht; die schönsten Aussichten verbreiteten sich, und er fühlte ihre Schönheit nicht; er fühlte nur seine Liebe, er sah nur sein Mädgen, sah sie in ihrer Hütte, sah sie bey den Quellen im Schatten, hörte seinen Namen sie nennen, und seufzte. So gieng er hinter seinen Schafen her, verdrüssig daß sie nicht schnell sind wie Rehe, und kam zum Tempel. Das Opfer ward gebracht, geschlachtet, und er eilt von Liebe beflügelt nach seiner Heimath zurück. In einem Gebüsche drang ein Dorn tief in seine Fußsole, und der Schmerz erlaubte ihm kaum zu einer nahen Hütte zu schleichen. Ein gutthätiges Paar nahm ihn auf, und belegte mit heilenden Kräutern seine Wunde. Götter, wie bin ich unglücklich, so seufzt er immer, und staunt und zählt jede Minute; jede Stunde scheint ihm eine traurige Winternacht; und endlich goß eine ungünstige Gottheit das Gift der Eifersucht in sein Herz. Götter! Welch ein Gedanke! So murmelt er, und sah wütend umher: Daphne könnte mir ungetreu seyn! Häßlicher Gedanke! Aber Mädgen sind Mädgen, und Daphne ist schön; wer sieht sie ohne zu schmachten? Und schmachtet nicht Daphnis schon lange? Schön ist er: Wen rührt nicht sein Gesang; wer bläst die Flöte wie er? Seine Hütte steht bey Daphnens Hütte, nur ein reitzender Schatten steht zwischen beyden. O flieh mich, flieh mich häßlicher Gedanke! Immer gräbst du dich tiefer in meinen Busen, und peinigest mich Tag und Nacht. Oft zeigt ihm die kranke Einbildung sein Mädgen, wie sie schüchtern im Schatten schleicht, wo Daphnis an der Quelle ihr und dem Wiederhall die Schmerzen seiner Liebe singt; er sieht ihr schmachtendes Aug; er sieht's wie Seufzer ihren Busen schwellen. Oder er sieht sein Mädgen in gewölbten Schatten schlummern: Daphnis schleicht in die Schatten; sieht sie, schleicht näher; ungestört heftet sein trunkener Blick sich auf jede Schönheit. Er bückt sich, küßt ihre Hand, und sie erwachet nicht; er küßt ihre Wangen; er küßt ihre Lippen – – Und sie erwachet nicht! ruft er wütend. O ich Elender! Aber was für häßliche Bilder schaff ich mir selber; warum bin ich so erfindsam, mich mit der grausamsten Marter zu quälen; warum denk ich nur, ich Undankbarer, was ihre Unschuld beleidigt?

Der sechste quaalvolle Tag war's schon, und seine Wunde noch nicht ganz geheilt. Er umarmte seine Gutthäter: Was fromme Gutthätigkeit sagen kann, das sagten sie, ihn zurückzuhalten. Umsonst, von Furien verfolgt eilt er, so schnell er kann. Abend war's, und der volle Mond schien, da er von ferne Daphnens Hütte sah. Ha! Jetzt, jetzt flieht mich, häßliche, martervolle Gedanken! Dort wohnt sie, die mich liebt; und heute noch, heute noch wein' ich vor Freud' in ihren Armen. Er sprach es, und eilte. Aber unter der Reblaube hervor, die zu der Hütte führt, sah er sein Mädgen dahergehn. Sie ist's! Ha Daphne, du bist's; deine schlanke Länge, dein sanfter Gang, dein schneeweisses Gewand! Sie ist's, Götter! Aber wohin geht sie nächtlicher Weile? Gefährlich ist es schwachen Mädgen in der Nacht aufs freye Feld sich zu wagen. Vielleicht will sie voll Sehnsucht auf meinen Weg mir entgegen. Er sprach's: Aber ein Jüngling kömmt ihr aus der Laube nach, schleicht sich an ihre Seite, und freundlich drückt sie ihre Hand in die seine. Ein Blumenkörbgen gab er ihr; mit süsser Gebehrde nahm sie's an ihren Arm. So giengen sie von der Hütte weg im Mondschein daher. Voll Entsetzen stand Alexis in der Ferne, und bebt von der Sole bis zum Haupt. Götter! Ha, was seh ich! Zuwahr, ach zuwahr ist's, was mich quälte! Eine mitleidige Gottheit hat's vorhergesagt. Ach ich Elender! O wer bist du, Gott oder Göttin, die mein Unglück mir vorher empfinden ließ? Räche, o räche mich, strafe vor meinen Augen, strafe diese Treulosigkeit, und dann lasse mich Elenden sterben!

Mit verschlungenen Armen giengen das Mädgen und der Jüngling, mit huldreichen Gebehrden giengen sie am Mondschein; dem Myrtenwäldgen zu, das den Tempel der Venus umkränzt

In die Schatten dieser Myrthen gehen sie! So sagte wütend Alexis; in diese Schatten, wo sie oft mir die treueste Liebe schwur! Jetzt sind sie im Wäldgen. Götter! Ich sehe sie nicht mehr; verborgen im dichtesten Gesträuche, da werden sie in den Schatten sich setzen. Doch nein, ich sehe sie wieder; am Mondschein glänzt ihr weisses Gewand, durch die Ranken und die schwarzen Stämme. Sie stehn still; hier ist ein schöner offner Platz und weiches Gras. Treulose! Hier setzet euch hin; hier dem hellen Mond gegenüber, und schwört euch bey seinem Schimmer eure lasterhafte Liebe zu. Möchten die Furien euch verjagen! Aber nein, horche! Die Nachtigallen singen ihre zärtlichsten Lieder, die Turteltauben seufzen um sie her. Doch nein, auch hier bleiben sie nicht; sie gehn zum Tempel der Göttin. Ha, ich will näher, ich will sie sehn, ich will sie behorchen!

Er schlich in den Myrtenhain. Immer giengen sie dem Tempel näher, der auf weissen Marmorsäulen am Mondschein in die nächtliche Luft emporglänzte. Wie! Sie wagen's die Stuffen des Tempels zu betreten! Sollte die Göttin der Liebe die schwärzeste Untreue schützen? Er sprach's, und sah das Mädgen die Stuffen des Tempels hinaufgehn; das Blumenkörbgen am Arm, gieng sie unter die umzirkelnden Säulen, und der Jüngling blieb an einer derselben stehn. Im Schatten des Haynes trat Alexis näher. Schauernd und voll Verzweiflung schlich er in dem Schatten, den eine der Säulen warf, schmiegte sich an die Säule hin, und sah Daphne zum Bilde der Venus gehn: Von milchweissem Marmor stand sie im Mondschein, als schmiegte sie mit dem Anstand einer Göttin vor den erstaunten Blicken anbetender Sterblicher sich rückwärts, und blickte huldreich zu den Opfernden von ihrem Fußgestell nieder. Daphne sank vor der Göttin aufs Knie, legte die Blumenkränze vor sich hin, und mit wehmüthiger Gebehrde und schluchzend flehte sie so: Höre, o höre, süsse Göttin, du Schützerin treuer Liebe, höre mein Flehn; nimm gütig an die Kränze die ich zum Opfer dir bringe! Abendthau und meine Thränen glänzen drauf. Ach schon ist's der sechste Tag seit Alexis mich verließ! O milde, gute Göttin, laß ihn gesund in meine Arme zurückkommen! Schütze, o schütze ihn auf seinem Wege, und führ' ihn, so gesund und so voll Liebe, wie er mich verließ, in meine schmachtenden Arme zurücke.

Alexis hört's, sieht gegen sich über den Jüngling stehn, dem jetzt der helle Mond ins Gesicht schien. Er war Daphnens Bruder; denn furchtsam wollte sie nicht nächtlicher Weile allein zum Tempel gehn.

Alexis trat hinter der Säule hervor. Daphne von dem frohesten Entzücken überrascht, er voll Freude und voll Schaam, sanken beyde mit umschlungenen Armen vor der Göttin hin.

Das hölzerne Bein.

Eine Schweitzer Idylle.

Auf dem Gebürge, wo der Rautibach ins Thal rauschet, weidete ein junger Hirte seine Ziegen. Seine Querpfeife rief den siebenfachen Wiederhall aus den Felsklüften, und tönte munter durchs Thal hin. Da sah er einen Mann von der Seite des Gebürges heraufkommen, alt und von silbergrauem Haar; und der Mann, langsam an seinem Stabe gehend, denn sein eines Bein war von Holz, trat zu ihm, und setzte sich an seiner Seite auf ein Felsenstück. Der junge Hirte sah ihn erstaunt an, und blickt' auf sein hingestrecktes hölzernes Bein. Kind, sagte der Alte mit Lachen, gewiß du denkst, mit so einem Bein blieb ich wol unten im Thal? Diese Reise aus dem Thal mach' ich alle Jahr' einmal. Dieß Bein, so wie du es da siehst, ist mir ehrenhafter als manchem seine zwey guten; das sollst du wissen. Ehrenhaft, mein Vater, mag es wol seyn, erwiederte der Hirte; doch ich wette, die andern sind bequemer. Aber müde must du doch seyn. Willst du, so geb' ich dir einen frischen Trunk aus jener Quelle, die dort am Fels rieselt.

Der Alte. Du bist ein guter Knabe; ein Trunk frisches Wasser wird mich erquicken. Gehst du, und holest ihn, so erzähl' ich dir dann die Geschichte von meinem hölzernen Bein. Der junge Hirt lief, und schnell bracht er einen frischen Trunk aus der Quelle zurücke.

Der Greis hatte sich erquickt. Daß mancher eurer Väter, so sprach er, voll Narben und zerstümmelt ist, das sollt ihr Gott und ihnen danken, ihr Jungen. Muthlos würdet ihr den Kopf hängen, statt jetzt an der Sonne froh zu seyn, und mit muntern Liedern den Wiederhall zu rufen. Munterkeit und Freude tönt jetzt durchs Thal, und frohe Lieder hört man von einem Berg zum andern; Freyheit, Freyheit beglückt das ganze Land. Was wir sehen, Berg und Thal, gehören uns; freudig bauen wir unser Eigentum, und was wir sammeln das sammeln wir mit Jauchzen für uns.

Der junge Hirte. Der ist nicht werth ein freyer Mann zu seyn, der je vergessen kann, daß unsre Väter es erfochten.

Der Alte. Und der's nicht eben so thun würde, mein Sohn! Seit jenem blutigen Tag gieng ich alle Jahr' einmal auf diese Höhe aus dem Thal herauf; aber ich spür' es, dieß wird wol das letztemal seyn. Von hier seh' ich die ganze Ordnung der Schlacht, die wir für unsre Freyheit gewannen. Sieh, hier an der Seite hervor kam die Schlachtordnung der Feinde; viele tausend Spiesse blitzten daher, und wol zweihundert Ritter in prächtiger Rüstung; Federbüsche schwankten auf ihren Helmen, und unter ihren Pferden zitterte das Land. Schon einmal war unser kleine Haufe zertrennt; nur wenig hunderte waren wir. Wehklagen war weit umher, und der Rauch des brennenden Näfels erfüllte das Thal, und schlich fürchterlich an den Gebürgen hin. Aber am Fuß des Berges stand jetzt unser Hauptmann; dort stand er, wo die beyden Weißtannen auf dem Felse stehn; nur wenige standen bey ihm. Mir ist's, ich seh' ihn noch muthvoll dastehn, wie er die zerstreuten Haufen zusammenruft; wie er das Panner hoch in die Luft schwingt, daß es rauscht wie ein Sturmwind vor einem Gewitter; von allen Seiten her liefen die Zerstreuten zu. Siehst du, vom Felsen herunter, jene Quellen? Steine, Felsen und umgestürzte Bäume mögen sich ihnen entgegensetzen; sieh, sie dringen durch; sie stürzen sich weiter und sammeln sich dort im Teiche: So war's, so eilten die Zerstreuten herbey, und schlugen durch die Feinde sich durch; standen um den Held her und schwuren, wir kleiner Haufe, steht Gott uns bey, zu siegen oder doch zu sterben! In gedrängter Schlachtordnung stürmte der Feind auf uns ein. Eilfmal schon hatten wir ihn angegriffen, und zogen dann wieder an den uns schützenden Berg zurück. Ein engegeschlossener Haufe standen wir wieder da, undurchdringlich wie der hinter uns stehende Fels: Aber jetzt, jetzt fielen wir, durch dreyssig Tapfre von Schweitz verstärkt, in die Feinde, wie ein Bergfall oder ein geborstener Fels hoch hinunter in einen Wald sich wälzt und vor sich her die Bäume zersplittert. Die Feinde vor und um uns her, Ritter und Fußknechte, in fürchterliche Unordnung gemengt, stürzten einander selbst, indem sie unsrer Wuth wichen. So wüteten wir unter den Feinden, und drangen über Todte und Zerstümmelte vorwärts, um weiter zu töden. Ich auch; aber im Gewühl stürzt' ein feindlicher Reuter mich zu Boden, und sein Pferd zertrat mein eines Bein. Einer, der neben mir focht, sah rückwärts, rafft' auf seine Schulter mich, und lief mit mir aus der Schlacht. Ein frommer Ordensmann betete nicht weit auf einem Fels um unsern Sieg: Pflege diesen, Vater, er hat gefochten wie ein Mann! Er sprach's, und lief in die Schlacht zurück. Sie ward gewonnen. Kinder, sie ward gewonnen! Mancher der unsern lag da, über einem Haufen Feinde ausgestreckt, sagte man nachher, wie ein müder Schnitter auf der Garbe ruht, die er selbst geschnitten hat. Ich ward gepflegt, ich ward geheilt: Aber meinen Retter kannt' ich nicht; nie hab' ich's ihm danken können, daß ich lebe. Ich hab' ihn umsonst gesucht; umsonst Gelübde, umsonst Wallfahrten gethan, daß irgend ein Heiliger oder ein Engel mir's offenbare. Ach umsonst! Ich soll ihm in diesem Leben nicht dancken.

Der junge Hirte hatte mit Thränen im Aug' ihm zugehört, und sprach: Vater, du kannst's in diesem Leben ihm nicht mehr danken! Erstaunt rief der Alte: Wie, was sagst du, weissest du denn wer er war?

Der junge Hirte. Mich müßte alles trügen oder es war mein Vater selbst. Oft hat er mir die Geschichte der Schlacht erzählt, und dann gesagt: Lebt wol der Mann noch, welcher so tapfer an meiner Seite focht, den ich aus dem Schlachtfelde trug?

Der Alte. O Gott, und ihr Heiligen, der Redliche sollte dein Vater seyn!

Der junge Hirte. Eine Narbe hatt' er hier; (er wies auf die linke Wange) der Splitter eines Spiesses hatt' ihn verwundet, vielleicht eh' er aus der Schlacht dich trug.

Der Alte. Seine Wange blutete, da er mich trug. O mein Kind, mein Sohn!

Der junge Hirte. Vor zwey Jahren starb er; und jetzt hüt' ich, denn er war arm, um schlechten Lohn hier diese Ziegen.

Der Alte umarmt' ihn. O Gott sey's gedankt, so kann ich seine Gutthat in dir ihm wieder vergelten! Komm Sohn, komm in meine Wohnung; ein andrer kann diese Ziegen hüten. Und sie giengen hinunter ins Thal, nach seiner Wohnung: Reich war der Greis an Feld und an Heerden, und eine einzige schöne Tochter war seine Erbin. Kind, so sprach er, der mein Leben gerettet, war der Vater dieses Knaben. Könntest du ihm gut seyn, ich gäb ihm dich zum Weibe. Schön und munter war der Knabe; gelbe Locken kräusten sich um sein schönes Gesicht, und feuervolle doch bescheidne Augen blinkten draus hervor. Aus jungfräulicher Zucht bedachte sie drey Tage sich; der dritte war ihr schon zu lange. Sie gab dem Jüngling ihre Hand, und der Alte weinte mit ihm Freudenthränen und sprach: Seyd mir gesegnet! Jetzt, jetzt bin ich der glücklichste Mann!

Über tredition

Eigenes Buch veröffentlichen

tredition wurde 2006 in Hamburg gegründet und hat seither mehrere tausend Buchtitel veröffentlicht. Autoren veröffentlichen in wenigen leichten Schritten gedruckte Bücher, e-Books und audio-Books. tredition hat das Ziel, die beste und fairste Veröffentlichungsmöglichkeit für Autoren zu bieten.

tredition wurde mit der Erkenntnis gegründet, dass nur etwa jedes 200. bei Verlagen eingereichte Manuskript veröffentlicht wird. Dabei hat jedes Buch seinen Markt, also seine Leser. tredition sorgt dafür, dass für jedes Buch die Leserschaft auch erreicht wird.

Im einzigartigen Literatur-Netzwerk von tredition bieten zahlreiche Literatur-Partner (das sind Lektoren, Übersetzer, Hörbuchsprecher und Illustratoren) ihre Dienstleistung an, um Manuskripte zu verbessern oder die Vielfalt zu erhöhen. Autoren vereinbaren direkt mit den Literatur-Partnern die Konditionen ihrer Zusammenarbeit und partizipieren gemeinsam am Erfolg des Buches.

Das gesamte Verlagsprogramm von tredition ist bei allen stationären Buchhandlungen und Online-Buchhändlern wie z. B. Amazon erhältlich. e-Books stehen bei den führenden Online-Portalen (z. B. iBookstore von Apple oder Kindle von Amazon) zum Verkauf.

Einfach leicht ein Buch veröffentlichen: **www.tredition.de**

Eigene Buchreihe oder eigenen Verlag gründen

Seit 2009 bietet tredition sein Verlagskonzept auch als sogenanntes "White-Label" an. Das bedeutet, dass andere Unternehmen, Institutionen und Personen risikofrei und unkompliziert selbst zum Herausgeber von Büchern und Buchreihen unter eigener Marke werden können. tredition übernimmt dabei das komplette Herstellungs- und Distributionsrisiko.

Zahlreiche Zeitschriften-, Zeitungs- und Buchverlage, Universitäten, Forschungseinrichtungen u.v.m. nutzen diese Dienstleistung von tredition, um unter eigener Marke ohne Risiko Bücher zu verlegen.

Alle Informationen im Internet: **www.tredition.de/fuer-verlage**

tredition wurde mit mehreren Innovationspreisen ausgezeichnet, u. a. mit dem Webfuture Award und dem Innovationspreis der Buch Digitale.

tredition ist Mitglied im Börsenverein des Deutschen Buchhandels.

Dieses Werk elektronisch lesen

Dieses Werk ist Teil der Gutenberg-DE Edition DVD. Diese enthält das komplette Archiv des Projekt Gutenberg-DE. Die DVD ist im Internet erhältlich auf **http://gutenbergshop.abc.de**

FSC
www.fsc.org
MIX
Papier | Fördert
gute Waldnutzung
FSC® C083411

Zeitfracht Medien GmbH
Ferdinand-Jühlke-Straße 7
99095 Erfurt, Deutschland
produktsicherheit@kolibri360.de